致青春 117

悍夫

（上）

咬春餅　著

高寶書版集團

目錄

CONTENTS

第一章　初見陸總裁

「在陸家，一定要聽陸老爺子的話。」

再轉兩個彎就要到了，金小玉第三遍交待，她打開錢包，拿出兩千塊錢，「我身上的現金只有這些，缺錢了，妳就跟周正安要。」

周喬應了一聲接過。

提起那個名字，金小玉就有點發火，周喬趕緊遞過一顆糖，「媽，水蜜桃口味的。」

金小玉手一擺，看了窗外一眼，「到了。」

社區大門是翻新過的，高聳方正。站崗的警衛查核完身分，敬了個標準的手禮，車輛放行。

開過兩圈花園，車停在一排紅牆小洋房前面。

這是周喬第一次踏進陸家。

她端坐在沙發上，眼睛老老實實地垂著，不到處亂瞄。

一旁的金小玉向陸老太太賣慘，把她的坎坷婚姻說成了年度恐怖大片。聲淚俱下，感情到位。

聽得陸老太太也入了戲，跟著一起長吁短嘆，「正安對妳真是太過分了。」

金小玉又是一番如同賀歲電影般的熱烈控訴，「何止是過分，我實在是沒辦法和他過下去了，所以才——」說到此處，她哽咽得無法繼續。

陸老太太連番點頭，心疼道：「妳就放心去美國，把事情處理好，小喬我來照顧，不用牽掛。」

金小玉抹了兩把眼睛，打鐵趁熱，「那就謝謝乾爸乾媽了——小喬。」

周喬抬起頭。

陸老太太坐過去，笑著握起她的手。

「我聽妳媽媽說，妳成績很好，考研究所辛不辛苦啊？」

周喬誠實地點頭，「辛苦。」

陸老太太拍拍她的手背，「妳乖，到這裡來，有什麼想吃的、想玩的，就跟奶奶說。」

周喬沒應聲，目光垂落老太太的手腕上，一隻碧綠玉鐲歪著。

她伸出手，輕輕將鐲子扶正，這才開口，「奶奶，那就打擾了。」

上了年紀，對這種乖乖模樣的孩子簡直無法抵抗。

陸老太太越看越喜歡。

就這樣，金小玉當晚便上了航班，殺去美國手撕狐狸精和姦夫爭家產。

而周喬，也算正式寄宿在陸家。

只是……

「妳的學校在洋槐區，離這裡太遠。」陸老太太憂心道，「來回跑浪費時間，會耽誤複習。」

周喬那句沒關係剛到舌尖，陸老爺子逗鳥歸來，邊進屋邊說：「陸悍驍不是住在那邊嗎？」

陸老太太「哎呀」一聲，「對對，我忘了。」

周喬對此人有點茫然。

「他是我孫子，臉皮有些厚。」陸老太太看她的表情，一言難盡地搖了搖頭，「但是人還是挺有本事的。」

陸老爺子冷哼一聲，不留情面，「兔崽子就是一個草包。」

陸老太太：「他那裡好，離學校近，我讓齊阿姨跟著去做做飯，小喬啊，妳看這樣行不行？」

周喬想了想，「陸……」她一時間沒記住名字，差點說成陸草包。

話到嘴邊趕緊剎車，轉聲問：「會不會吵到他？」

陸老爺子想整這個草包很久了，於是手一指，「打！」

周喬心一驚，隔空打草包？

陸老爺子咳嗽兩聲，說：「打電話給他！」

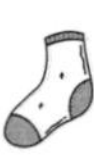

「輸的吹一瓶水，不準上廁所！」飯局上已經喝了一圈酒，包廂裡的陸悍驍眼角微紅，靈魂都玩嗨了。

有人遞過杯子，陸悍驍一把攔開，「居心叵測，別想灌我！」

他又嫌熱，單手解開衣領釦子，手指停在牌上一滑，「一對肉丸，要不起的給我喝水。」

一對肉丸？

同伴側眼一看，那是一對Q！

陸悍驍手裡拿著牌，「欸我說，你這什麼眼神吶，我沒說一對咪咪算不錯了。」

「……」

看他一副流氓樣，同伴也識相不說話了。

顏值小霸主，說什麼都有理。

一番出牌對局後——

「我靠，你還有個大王在手上，剛才怎麼不頂我的牌，人醜就算了，還這麼陰險就不好了吧？」

陸悍驍叼著菸，眉頭皺成一團，連輸第六局。

他的手邊已經倒了五個礦泉水瓶，肚子快成水庫了，還不能犯規去洗手間噓噓。腎都被憋大了。

陳清禾這個臭不要臉的，還在一旁拚命催，「陸霸王，我特地幫你買的農夫山泉水，都說它有點甜。」

陸悍驍一個空瓶怒砸過去，「甜你個蛋。」

陳清禾側頭躲開，眼明手快奉上一瓶水，「來來來，瓶蓋已經擰開，喝，給我喝！」

陸悍驍閉眼，仰頭，咕嚕咕嚕表情痛苦地豪飲。

一群哥們喝彩鼓掌，「今天悍驍最水潤。」

「農夫山泉水來一下，需要交點廣告費。」

「你這牌技，撐起我市一片天啊。」

陸悍驍心裡苦，喝完壓了幾秒，才制止住噴水的衝動，「都給我閉嘴！」

牌局繼續，有輸有贏，一地的礦泉水瓶橫屍。

有人看不下去了，「大老爺們這樣玩，幼不幼稚啊！」

陸悍驍今天手氣邪了門，從沒贏過。他實在喝不下了，退而求其次選擇往臉上貼鬍子。

陳清禾和陸悍驍從小野到大，是這群人裡最敢惹他的一個，「貼屁鬍子，輸幾局，就脫幾件衣服。」

陸悍驍拍案而起，「我勸你最好不要自取其辱，我的腹肌已經六塊了。」

陳清禾當場不服，「誰還沒有啊。」

陸悍驍揚眉，「比一比？」

「來啊，脫！」

兩個人袖子一捋，順著衣角往上一掀，腰胯乍現，陸悍驍的兩條人魚線又深又明顯。

他稍稍提氣，腹部的形狀更硬朗，然後往那一指，「塊數比你多。」

陳清禾被他家老爺子送去部隊鍛煉過幾年，身材健硬，他瞇眼一看，靠了一聲，「陸悍驍，你還行不行了，豹紋內褲上癮了是吧？」

陸悍驍一腳踹過去，「水瓶呢，拿來，塞，給我塞住他的嘴！」

兩個近三十歲的大帥哥，畫風實在迷離清奇。

牌桌上的人喊道：「悍驍，你的跳蛋震了半天。」

陸悍驍裸著上身，抽出一根菸放在嘴裡咬著，走過去撈起手機——陸雲開來電。

「爺爺，什麼事？」

陸老爺子的聲音一如既往的中厚嚴肅，陸悍驍聽了幾句，嘴裡的菸被嚇掉了地。

結束通話，他一張臉成了鐵青色。

驅車回去，一個小時後。

陸家的門虛掩著，沒有關嚴。

陸悍驍火燎燎地推門，陸雲開坐在客廳沙發上，目光隨著響動掠向他。小鬍子一翹，重咳兩聲，又嫌棄起自己的孫子來。

陸家客廳大，純中式，連窗簾都是竹簾。夏日有風，捲起席簾，光跟著漾。

周喬就這麼跟著聲音，同一時間側過了身。

兩人的目光在半空第一次簡短會面。

陸悍驍被那通電話弄得一頭霧水，只記住了六個字：親戚家的女孩。

周喬的表情很淡，心想，這就是那位陸草包？看起來好像有點老。

一旁的陸老太太笑咪咪地迎向陸悍驍，「齊阿姨煮了粥，很好喝的，幫你留了一碗。」

陸悍驍扯了下嘴角，很勉強。

「這是周喬，小喬，這就是我孫子，陸悍驍。」陸老太太熱情介紹。

陸雲開直接下命令：「小喬剛畢業，準備考研究所，你的公寓離她學校近，這段時間她暫時住你那。」

陸悍驍：？？？

陸雲開：「反正你野慣了，有家也不回，小喬正好要複習，也不會被你吵到。」

陸悍驍的表情有點抽搐，急忙反駁，說：「爺爺，我下班按時回家的，晚上九點準時睡覺。」

陸老太太一聽，可開心了，激動道：「那最好了，齊阿姨跟著過去，一個人的飯也是做，多你一個也順便。」

陸悍驍的靈魂在抽筋，來個小的還不夠，還要來個老的。

跟屁蟲都流行買一送一了。

陸雲開從政府職位退下來後簡直寶刀未老，陸悍驍心知肚明，老爺子這是找藉口整治他，破壞他一個人的寂寞風騷生活。

陸悍驍剛想開口拒絕——

「悍驍，看我帶了什麼，明天做燉大鵝給你吃！」齊阿姨已經推著行李箱走了出來，她的左手上還提著一隻興奮的大活物。

陸悍驍：「……」

那鵝跟他大眼瞪小眼，禮貌地「嗷」了一嗓子。

陸老太太心慈人善，摸了摸鵝頭，歡喜地說：「乖、乖，你和我孫子一樣乖。」

陸老爺子催促道：「不早了，你們先回去吧，小喬，有什麼事情就跟他說。」

周喬按捺著，坐在沙發上暫時沒動。因為陸悍驍沒發話，而他的表情，似乎相當嫌棄。

半分鐘後，陸悍驍一腔鬱結都化成了忍耐，陸雲開是出了名的剛硬頑固，把執政時的鐵血作風承襲到了家風上，陸悍驍吃過太多虧，才不和他硬碰硬。

小霸王能屈能伸，他眉目鬆動，掏出車鑰匙串在食指上，對周喬的方向晃了晃。

然後轉身向前走，經過齊阿姨身邊時，無言地拎過她的行李。

「鵝，還有鵝。」齊阿姨微胖，笑臉笑眼，十分喜樂。

陸悍驍咽下一口氣，抖著手，接過牠。

胖頭鵝伸長脖頸「嗷嗚嗷嗚」，慶祝這人間喜相逢。

三人走出陸宅，陸悍驍去開車，周喬和齊阿姨並排等。

她側過頭，輕言細語地問：「齊姨，我過去已經很打擾了，如果哥哥有什麼不喜歡的地方，您先提前告訴我。」

齊阿姨「嗨」了一聲，「沒事，每天不到零點，妳是見不到他人的。」

周喬心鬆了一根弦，那就好。

她的視線掠向迎面慢開而來的黑色Land Rover，車窗滑下，陸悍驍單手懶懶地撐著太陽穴，看著前方。

「——上車。」

齊阿姨動作迅猛，一個助跑鑽進了後座，矯健身姿全歸功於廣場舞跳得好。

周喬心裡暗暗驚嘆，只能坐進副駕駛座。

關車門的時候，有風帶動，陸悍驍聞到了自右邊飄來的淡香。

他側目，看見身旁女孩的耳朵白嫩，耳垂上有顆紅色小痣。

叫什麼？周喬是吧。

長得倒是挺白。

陸悍驍一身白襯衫，衣袖挽上半截，拿了一盒口香糖往她面前一遞。

「吃嗎？」

周喬搖了搖頭，說謝謝。

陸悍驍又伸手往後，齊阿姨不客氣，「吃，我吃。」

擰開蓋子，倒出兩粒，幾秒之後——

「嘔，什麼口味啊！」

齊阿姨的表情相當痛苦，陸悍驍得逞一般，笑開了眼，「榴槤，千萬別吐，很貴。」

周喬心想，這男人的愛好還挺奇特，買這個味道，是不是對口香糖有什麼誤會。

齊阿姨嘔嘔嘔了半天，恢復過來又是一條好漢。

車子平穩駛入大道。

「我還帶了枸杞，老家自己種的，燉大鵝的時候放一點。」齊阿姨眉飛色舞，手指比畫著，「那個枸杞，有這麼大一顆。」

陸悍驍手搭著方向盤，隨口問：「燉鵝放枸杞做什麼？」

「幫你補身體啊，補腎氣，男人就該多吃。你啊，又是熬夜，又是喝酒，又是不歸家哎呀。」

一旁安靜的周喬聽到這句話後默默往車窗挪了點。

陸悍驍：「……」

他被周喬剛才的動作傷到了，掙回面子般地辯解，「我不需要補腎氣！」

齊阿姨歡欣道：「對了，枸杞還能補腦子。」

就在此時，行李廂裡的大白鵝，適時地「嗷」了一嗓子以表贊同。

陸悍驍面無表情地繼續開車，路口遇紅燈，他突然地開口。

「零的平方根是零，算數平方根也是零，負數的平方根也是零。對吧？」

一口氣說下來，沒有停頓。

幾秒之後，周喬才反應過來，似乎是對她說的。

「啊，對。」她應了一聲。

陸悍驍微挑眉，得意一閃而去。

綠燈，車輛通行。

周喬後知後覺，剛才，陸草包是在證明自己不需要補腦嗎？

陸悍驍的公寓在靜安區，三十多坪的三房格局，樓層高，視野開闊，能看到城江的星星燈火。

「廚房在這，洗手間櫃子裡有新毛巾，自己拿。」

簡單敷衍地告知後，陸悍驍望著齊阿姨帶來的各種蔬菜瓜果，很是鬱卒。

「不用招呼我們，你快去休息，等等收拾完，我做個粉條給你們兩個當宵夜。」齊阿姨手腳俐落，邊整理邊說。

陸悍驍轉過身，看向周喬，「妳睡大的那間臥室，裡面有書櫃，方便妳放東西，有什麼事就跟我說。」

畢竟是老爺子交待的任務，面子上還是要應付一下。

周喬白淨清瘦，不說話的樣子安安靜靜。

她應了一聲，「嗯。」推著行李箱去側臥。

陸悍驍左看右看，然後無聊地踢了踢腳邊的那隻鵝。

他邊解釦子邊回臥室準備洗澡，門關緊，襯衫全解開露出了胸腹。

褲子剛脫一半，手機響起，是陳清禾。

『老地方，人都在，就等你了。』電話那邊聲音嘈雜，陸悍驍皺眉把手機拿遠了點。

「不去了，有事。」

『還在老爺子那？都十點了，老寶貝們早該睡覺了。』陳清禾聲音大，『繼續打牌，這次換怡寶純淨水，信不信把你灌成海綿寶寶。』

陸悍驍冷聲一笑，「沒腹肌的人滾遠一點。」

『別廢話，出來。』陳清禾嚷道：『誰又把我的酒杯倒滿的？』

「真的有事。」陸悍驍興致缺缺，「家裡來了人。」

『女人？靠，你可以啊，酒店都滿客你帶回家玩？』

「滾蛋，」陸悍驍心煩，「老子從不亂搞。」

頓了下，他放平聲音，嘆了口氣，「老爺子存了心整我，把一個親戚家的女孩丟我這，好像是打算考研究所。」

話剛落音，那頭的陳清禾笑成了驢叫。

「……」

陸悍驍悶著臉，「不過也沒關係，我可以住公司，不受影響。」

陳清禾還他媽的在笑，『男、男保姆。感覺怎麼樣？』

「男保姆你個蛋。」陸悍驍把手機夾在耳朵和肩膀之間，空出手脫內褲，「感覺……」

褲子脫到一半，就聽見客廳裡傳來天崩地裂的驚叫聲。

陸悍驍眼皮狂跳，扯起褲子邁大步，拉開門一看。

哦，我的上帝。

他倒吸一口涼氣。

那隻鵝掙脫了束縛，撲騰著膀子，滿屋子撒野飛奔。

齊阿姨捋起袖子，「快，快按住！」

鵝兄踩上沙發，踐踏茶桌，最後停在玄關處陸悍驍脫在地板的皮鞋上。

大事不妙的感覺貫穿腦海。

周喬聽見動靜也走了出來，她站在門口認真地說了句，「那個，牠可能要方便了。」

陸悍驍：？

只見那隻活物仰起長長的鵝脖，肥臀左右甩了兩下，然後「咵唧」一聲悶響。

陸悍驍總算明白周喬那句「方便」是什麼意思了。

全場冰封。

電話沒掛，陳清禾還在那頭，『喂？喂？話還沒說完呢，感覺怎麼樣啊？』

陸悍驍碾碎牙齒，字字如刀，「我、要、殺、鵝、了。」

齊阿姨「哎呦」一叫，「拉屎真會挑地方。」

她趕緊去抓，撲了個空。鵝又嗷又飛地直衝陸悍驍的臉而來。

「我靠！」陸悍驍打著電話，一時沒留神，眼見就要被撞上。

身側的周喬突然伸出手，隔空掐住了鵝的脖子。

相隔十公分的距離，鵝眼瞪人眼，陸悍驍反應過來，暴脾氣地舉起手機往鵝頭上敲。

周喬抿了抿唇，目光對向他，輕輕地提醒：「牠剛才，用嘴啄過自己的……你看你的手機，好像沾了一點。」

陸悍驍動作瞬間僵硬，靠。

都是什麼亂七八糟的事情！

他把手機丟在桌上，黑著一張臉進了臥室。

周喬看著他的背影。

欸？草包好像生氣了。

一旁的齊阿姨接過鵝，「小喬，我去跟管理室要個紙箱，把牠放裡面就不會亂飛囉。」

周喬應了聲，「那您注意安全。」

吵鬧平息後，房間格外安靜。

周喬望了望那扇緊閉的臥室門，又看了看滿屋的狼狽，她垂下眼眸，拿起陸悍驍那雙被弄髒的騷氣皮鞋。

臥室裡。

陸悍驍坐在窗臺上抽菸，心情躁動。

自己爺爺真的很棒，送來這麼兩個活菩薩，什麼親戚家的女孩，但凡有這麼漂亮的，他陸悍驍肯定記得。

還考研究所呢，人設真不錯。

陸悍驍深吸一口，小半截菸身一燃到底。他心冷身冷眼睛冷，最後碾熄菸蒂，帶著陰轉雪的情緒，重新走了出去。

剛拉開門，差點和周喬撞上。

陸悍驍心情更煩，口不擇言地甩話，「我爺爺給了妳多少錢？」

周喬不解，「嗯？」

「他花多少錢雇用妳的？」陸悍驍不耐，「我給三倍，妳哪裡來回哪裡去，按我的意思向陸老頭彙報就行。」

周喬聽明白，半晌沒動。

陸悍驍打開皮夾，「先付訂金，剩下的明天……」

話還沒說完，就看見周喬伸出手，濕漉漉的還在滴水。

陸悍驍順眼而望，怔住。

她的手指細而白，拎著一雙洗得乾乾淨淨的鞋。

「給。」周喬聲音淡，「你的皮鞋。」

兩人靠得近，陸悍驍一時語塞，半天才憋出一句，「這是什麼味道？」怪熟悉的。

周喬：「浴室的沐浴乳。」

陸悍驍：「妳用沐浴乳洗鞋？」

「嗯。」周喬挑高眼眸，對上他的眼睛。

這麼貼心，想起剛才自己混帳的言辭，愧疚感襲擊全身。

陸悍驍接過鞋子，不自然地暖場，「妳要考復大？」

周喬沒應，轉身往房間走。

生氣了？

陸悍驍心裡不是滋味，留人的話在舌頭上打了好幾圈，變成了死結。

他這才注意到客廳裡剛才雞飛鵝跳的災難現場已經乾乾淨淨，打掃一新了。

這女生是實幹派啊。

陸悍驍彎了嘴，盯著側臥闔上的門，情緒瞬間雪停轉了晴。

他吹著口哨回臥室洗澡，十幾分鐘後，裹著一身的清冽香味走出來。

周喬的房間還是關著的，陸悍驍捧著水杯，悠哉的走到門邊，心思一起，側過臉，耳朵貼向門板。

沒動靜，可門縫裡透出光。

陸悍驍低頭喝水，塞了滿嘴。

這時，門「吱」的一聲，從內推開，讓陸悍驍措手不及，嘴裡的水「噗」一聲噴了出來。

周喬從容淡定，手法極快地抬高右手，用計算紙擋住了臉。

「妳、妳出來幹什麼？」陸悍驍現場被抓包，故作淡定，先發制人。

周喬不發一語，把沾了水的計算紙遞給他。

陸悍驍低頭，紙上是鋼筆寫的一句稜角分明的話。

「負數沒有平方根。」

他念了出來，才想起這是回來的路上，他為了急證自己不需要補腦而賣弄的知識。

零的平方根是零，算數平方根是零，負數的平方根也是零。

這句話是錯的。

這種不當面揭穿，事後補刀的羞辱，真的好赤裸裸哦。

周喬的面容很搶眼，大眼翹鼻，但她整個人的氣質卻很淡，尤其眉眼，好像藏著一縷煙。

畢竟理虧，陸悍驍有點心虛，目光游移不敢直視。

無言的回擊之後，周喬關上臥室門，心裡嘆了一口氣，這位哥哥以後怕是不好相處。

她搖了搖頭，然後繼續收拾行李。

完事後，她拿好換洗衣服走到客廳，廚房還亮著燈。剛準備去關掉，卻發現廚房裡站著陸悍驍。

他背對著，手裡是一捧枸杞，正一顆顆地往嘴裡送。

十幾秒後，陸悍驍終於發現了周喬，他「靠」了一聲，「妳怎麼不出聲的啊！」

周喬也被嚇了跳，張了張嘴，目光看過去。

陸悍驍趕緊收緊手心，把枸杞藏住，欲蓋彌彰已經太晚，他清著嗓子，故作鎮定。

「別誤會。」

「嗯？」

「我不是為了補腎，我的腎沒問題。」陸悍驍說得一本正經，像在打報告。

周喬稍稍思索，問：「那你是在補……腦子？」

周喬再也憋不住的彎了嘴角，小小笑出了聲。

陸悍驍一愣，然後眼角上揚，也笑了起來。

兩個人的視線第一次光明正大地交匯。

陸悍驍笑了一下，真誠地道歉，「晚上是我不好，亂猜測，妳別介意。」

周喬沒有說話，但她嘴角的弧度明顯加深了。

陸悍驍又抓了一把枸杞，遞給周喬，「一起補補？」

周喬沒讓他尬場，大方地捏了兩顆放嘴裡，「挺甜。」

敲門聲響，陸悍驍去開門，齊阿姨拎著個大紙箱進來，「鵝有地方住了。」

陸悍驍「呵」了一聲，「喲，豪宅啊。」

齊阿姨樂的，「我去做宵夜給你們吃。」

「不用做我的。」陸悍驍對周喬抬了抬下巴，「給她吧。」

「我也不吃。」周喬準備回臥室。

齊阿姨邊收拾東西邊問：「小喬，妳明天是不是要去學校啊？」

「嗯，之前學校的系主任幫我聯絡了一位老師，明天去他那拿幾本書。」周喬說道。

「哦，妳知道怎麼走嗎？」齊阿姨操心地問。

「我查好了路線，坐七〇三號公車很方便。」

一旁的陸悍驍聽完全程沒有吭聲。在周喬經過身邊的時候，他突然說：「鞋櫃抽屜裡有大門鑰匙，妳拿一串，免得回來沒人幫妳開門。」

周喬說了聲好，便進去了。

陸悍驍問：「齊阿姨，這是哪個親戚家的？我怎麼沒有一點印象？」

「金小玉的女兒。」

「金小玉是誰？」

「哦，老爺子的乾女兒。」齊阿姨說：「家住遙省，你沒見過很正常。」

陸悍驍在腦子裡搜刮一番無果，問：「老頭子還挺時髦。她媽媽去做什麼了？」

「去美國處理家事。」齊阿姨說：「夫妻鬧離婚。」

陸悍驍聽後抬眼，「離婚？」

「對啊，但是小喬要考研究所，就拜託老爺子他們照顧，畢竟這裡人生地不熟。」齊阿姨把鵝捆綁好，然後去洗手，「我煮麵給你吃？」

「不用，妳早點休息。」陸悍驍回臥室前，順手點了一盞精油燈，這一屋子的鵝毛味總算壓了下來。

第二章　總裁的夜生活

第二天陸悍驍起得早，出門的時候，正巧碰見等電梯的周喬。

陸悍驍按了樓層，隨口問：「去學校？」

「對。」

「知道怎麼去？」

「知道。」

先到一樓，周喬出電梯，從社區走出去路程不短，費了不少時間。和教授約好九點，公車等了十分鐘遲遲不來，周喬有點急了。

好不容易來了，卻是滿車的人。

司機在裡頭叫嚷：「滿了滿了！等下一班不要再上了！」

周喬不放棄，兩手掰著車門，硬是不放開，「還可以再上一個的！」

馬路上車來車往。

遇紅燈，車裡陸悍驍滑下車窗叼菸，剛準備啟動，就看到不遠處的人車大戰。

他看清楚了，「喲，那不是周喬嗎？」

又欣賞了一下，陸悍驍感嘆道：「真是頑強的女孩啊。」

周喬被擠得面露痛色，手指都摳出了紅印，一隻腳踏上去，另隻腳踩地，姿勢就跟玩滑板車一樣。

公車有開動的架勢。

「等，等等！我還沒上來呢！」

周喬急了，剛準備再發力，肩膀一緊便被人撥開。

「欸！」她回頭一看，竟然是陸悍驍。

他眉頭微皺，嚴肅批評：「妳的動作很危險，跟公車較什麼勁？」

「我……」

「它是車界的扛把子，我都不敢跟它撞，妳在表演最後的倔強？」

天，草包話真多。

「我要遲到了。」周喬邁步準備攔計程車。

陸悍驍用墨鏡點了下她的肩膀，「行了行了，這個時間沒車。」他不假思索，「我送妳。」

周喬愣了一下。

「快點，我的車停路邊是違規。」

「哦。」周喬快步跟上去，望著陸悍驍的背影，心想，昨晚的枸杞真是立竿見影，不僅補腦，還能補良心。

復大離這有三站遠，陸悍驍把人送到校門口後沒馬上離開。他掏出手機，對著學校拍了個照，然後上傳一則新動態。

『沒文化的某些人，我就不點名是陳清禾了，請對著這張照片虔誠地磕個頭，下輩子或許還能背幾首古詩。』

上傳完後，他哈哈哈哈哈，心滿意足地轉動方向盤。

下午五點，周喬回公寓，進門就聞見了肉香。

齊阿姨在廚房身姿矯健，自信非凡，「小喬，今晚吃燉大鵝！」

周喬換好鞋走過去，砂缽裡的鵝兄已入味，小火慢燉體香四溢。

「來來來，妳先喝碗湯。」

「我自己來。」

周喬主動拿碗勺，邊盛邊聽到齊阿姨說：「哎呀，這個悍驍啊，又不回來吃晚飯，外面的油水不乾淨，傷了胃就會影響肝，肝不好，肺也受損，俗話說，心肺一家親，最後可是會影響心臟的呀。」

這寥寥數語，就把人體循環了一遍，非常厲害。

中老年人特有的嘮叨畫風，周喬不敢說，她其實很愛聽。

笑了笑，道：「那您留一份給他，當宵夜也行。」

「不不不，」齊阿姨指著鵝兄，「放久了就沒那個味了。這樣吧，現在還早，我送去給他。」

周喬點點頭，「那您吃了飯再去吧。」

惦記著事，齊阿姨吃飯速度像颱風，完了之後拿出紙筆，「這是他應酬的地址，陸老太太給的情報。小喬妳上網查查，我畫個地圖去找。」

還會畫地圖？齊阿姨您的技能真是孔雀開屏呢。

那地方不遠不近，周喬遞去手機，齊阿姨戴上老花眼鏡，畫個圓餅代表轉彎，畫個叉叉代表十字路口。

一路下來，三個圓餅，兩個叉，好危險。

周喬不放心了，放下碗筷，「一定要送嗎？」

「當然啊，跟妳說個祕密。」齊阿姨一臉神祕，「我們驍驍啊，是早產兒，他爸那時候已經是警察局局長，他媽媽也剛升主任，勞累過度就早產了。」

原來還有這麼一段不為人知的故事，難怪要吃枸杞。

周喬眨眨眼，「那，早產多久？」

「三天。」

「……」

這一家子都是魔幻基因，周喬斂神，說：「齊阿姨，我去送吧。」

巴不得喲。齊阿姨老花眼鏡一摘，「存一下悍驍的電話，一五八……」

周喬：「……」

緋色公館。

小陸總的包廂，唱歌的唱歌，打牌的打牌，十分不務正業。

「我靠，又輸。」陸悍驍叼著菸，把牌一甩，連慘三局。

「服務生，再搬一箱農夫山泉水。」陳清禾吆喝嗓子，「各位安靜一下，下面有請我們陸總，為大家表演生吞水瓶。」

陸悍驍鬱悶難平，擰開蓋子，仰頭咕嚕嚕。

瞬間，口哨與掌聲齊飛。

鬧完一輪，終於安靜，陸悍驍和陳清禾坐在吧檯，聊起天來。

「那個親戚家的女孩，怎麼樣？」

「不怎麼樣。」陸悍驍摸出菸盒，叼了一根放嘴裡。他混社會混的早，看人還是有點水準。周喬，外表淡，其實是能藏事的人。

陸悍驍給了個評價，「精著呢。」

「她惹你了？」

「你說呢。」

「也對，她是你家老爺子派過來的偵察機。」

陸悍驍彈了彈菸灰，哼了一聲，「人小鬼大。走，把人叫齊，繼續打牌。」

剛落音，他的手機就響了。

陸悍驍接通，「哪位啊。」頓了下，「呃，周喬？」

周喬站在門口，天還沒黑透，霓虹燈就閃爍招搖起來。

她盯著氣派的公館，舉著手機，『你能不能出來一下？我有……』

「等等。」陸悍驍打斷，有點納悶，「妳怎麼知道我在這？是老爺子告訴妳的？」

這話也沒錯，周喬應聲，『對，我是來……』

「妳就是來當偵察機的吧？」陸悍驍調侃道，「殺個措手不及，看看我在幹什麼，再跟老陸彙報是不是？」

態度陰陽怪氣的。

周喬依舊輕言細聲，但語氣也降了溫，『東西我送到了，你不要我就丟了。』

東西？什麼東西？

陸悍驍心靜了些，幾秒沒說話，那頭便掛斷了電話。

他表情沉默，然後站起身往外走。

陳清禾直嚷：「還打不打牌了，去哪呢？」

陸悍驍頭也不回，「打。」

走出來，隔著大門玻璃，陸悍驍一眼就看到了周喬。

他加快腳步跑過去，「哎哎哎，等一下。」

周喬轉過身，對上他的眼睛。

又是這種眼神，陸悍驍莫名心虛，他垂眸，盯住她手上的保溫瓶。

「齊阿姨燉了鵝，說幫你補補，特地讓我送來的。」周喬聲音淡，態度也淡，手輕輕伸過來，「給。東西帶到了，吃不吃是你的事。」

受了委屈聲音還這麼軟，真要命。

聯想起昨晚的誤會，陸悍驍的愧疚感可以說是觸及到了靈魂。

他當機立斷，開口就是一個道歉，「那個，喬妹，對不住了。」

周喬被他突如其來的稱呼弄得有點想笑。

憋住，繼續高冷，「沒關係，昨晚已經習慣了。」

「別啊。」陸悍驍一聽就不樂意了，「僅憑一天一夜的往事，可不能以偏概全我的優良人品！」

「……」能讓周喬語塞的人，真的不多。

「我除了喜歡交朋友愛熱鬧，沒什麼致命的缺點。」

周喬：？？

那恐怕不只吧。

陸悍驍嘖了聲，「妳這眼神，有點傷人啊，好吧，再加一個愛貧嘴。」

周喬高冷了幾秒，終於憋不住，有笑意拂面。

笑了笑了，陸悍驍打鐵趁熱趕緊哄，「保溫瓶是不銹鋼的吧？隔著鋼板都能聞見鵝香，齊阿姨這手藝登峰造極了我靠，我話就撂這了——」

周喬抬眼看他，等他繼續表演。

「這湯、這肉、這鵝骨頭，別想我吐掉！」

有這草包演技，您怎麼不去拿奧斯卡小金人呢。

周喬澈澈底底地笑了出來。

陸悍驍鬆口氣，笑了就好、笑了就好。

周喬眉眼微彎的樣子，很漂亮。她把保溫杯遞過去，「那我走了。」

「別別別。」陸悍驍攔住，「我送妳，大晚上坐車不方便。」

周喬剛想拒絕。

「哥我現場直播吃鵝，這個機會妳別浪費。」

「……」

陸悍驍率先邁出大步，留了個帥氣背影，「加戲了，再表演一個生吃不銹鋼保溫碗。」

「噗。」周喬笑開了眼，真是盛情難卻啊。

感覺到身後的動靜，是女人特有的輕巧腳步聲，陸悍驍背對著，勾起嘴角，心情美滋滋。

陳清禾你這個沒文化的，等一下不把你輸成海綿寶寶，我跟周喬姓！

進公館，過走廊，在包廂門口停住。

陸悍驍轉過身，「喬妹。」

周喬抬眼，「嗯？」

「妳數學厲害嗎？」

「普通。」周喬想了想，說：「畢業時是我們系的第二名。」

「……」

「怎麼？」

陸悍驍露出一個無公害的純淨微笑，「幫哥一個忙。」

「什麼忙？」

「幫我打個牌。」

「……」

不給周喬反駁的機會，陸悍驍一把推開包廂的門，燥熱的氣氛撲面而來。

「沒了悍驍，整體牌技都提升了。」陳清禾喜色滿臉，「炸！」

陸悍驍敲了敲門板，「我怎麼會和你這麼不要臉的人當兄弟。」

「嘿！來了？」陳清禾眼尖，「喲喲喲，還帶了個妹妹呢。」

「去去去。」陸悍驍擋在周喬前面，邊說邊走，卻發現她沒跟來。

周喬站在原地，臉上寫著，不是很想幫你打牌。

「喬妹。」陸悍驍退回去，壓低聲音，「等一下我請妳吃宵夜。」

周喬沒吭聲。

「再請妳坐豪車。」他聲音更低了，「我新買的哦，還是黑色的。」

「……」

「悍驍來不來啊，農夫山泉水都幫你準備好了。」陳清禾在催了。

「就你人醜還話多，等著。」陸悍驍回頭，不耐煩道。

形勢有點緊急，他剛準備再勸說。

周喬突然開口，「宵夜豪車吃大鵝，外加生吞不銹鋼，成嗎？」

哇塞，夠可以啊。

陸悍驍笑出聲，「行行行！」

周喬望著他雀躍的背影，後知後覺的懊惱——嘖，為什麼要答應他。

「閃開。」陸悍驍鬥志昂揚，踢了擋路的朋友一腳，「從這分鐘起，我讓你們見識什麼叫賭神。」

周喬：「……」

可不可以反悔？

「這位是我陸家的喬妹，她來打，輸了，農夫山泉水由我喝。」陸悍驍這底氣莫名堅硬，「洗牌。」

周喬皺眉，輕輕拉了拉他腰間的衣服，「農夫山泉水？」

「對，我們打牌從不玩錢，只喝水，不許上洗手間。」

「……」

周喬真的很想塞他一嘴枸杞。

陸悍驍生怕她反悔，使了一招扭腰甩胯，周喬的手還拉著他的衣服沒來得及鬆開，就這麼被腰力扯到了牌桌前。

「悍驍的妹妹，就是我們大家的妹妹，來，為了兄妹相認，讓我們來打一局。」

陳清禾說話就像溜溜球，周喬心想，兩個稀有物種湊同一個房間，也算開眼界了。

斂了斂神，牌局開始。

誰有黑桃三誰當莊家，周喬占得先機。

陸悍驍搬了個小板凳坐身後，一看她的牌，大事不妙。

順子缺一個數，最大的對子是咪咪，還沒王牌。

「先出對子。」陸悍驍小聲指揮。

周喬拿著牌，被黑色牌底一襯手指好像會發亮。她沒猶豫，打出一張單牌。

「收不回的收不回的。完了完了。」陸悍驍兩眼一黑。

「又不是回收廢品。」周喬音淡，等著一輪壓牌出完，陳清禾又打了單張。

這一次，周喬直接拆了手上最大的對Q，沒給他們過牌的機會。由於牌大，對手不敢頂，發牌權又回到周喬手裡。

接下來的思緒就很清晰了，周喬把對子全拆，出單，一張張地過掉小牌，局勢喜人。

陸悍驍體內有一股躁躁的激動，「喬妹，我知道，妳這叫逆向思考吧！」

周喬蹙眉，什麼鬼。

「就是反其道而行，不過結果都是替天行道。」陸悍驍得意，「陳老闆，您請喝水！」

周喬很會算牌，出個兩輪就大概知道是什麼套路。除了中間輸了一局，她沒有失過手。

陸悍驍可能是太熱愛學習了，小板凳一寸寸地往裡挪，待周喬察覺時兩個人已經離得相當近了。

她稍稍側頭，剛想說話提醒，陸悍驍恰巧伸過脖頸，「還有個二沒出啊。」

於是，兩個人的呼吸輕輕地攪在一起。

這姿勢，又近、又熱、又發光。

還有，周喬的睫毛怎麼這麼長、密、翹？陸悍驍突然鬼迷心竅，很想伸手摸一下，看看軟不軟。

「……」周喬十分嫌棄地甩過頭，馬尾毫不留情地打了陸悍驍的臉。

我靠，疼。

陸悍驍忍著不能喊出口，恨恨地望著她後腦勺上的黑長直。

欸？疼是疼，不過還挺香。

周喬又碾壓了幾局，陳清禾他們終於扛不住了，捂著胃說：「不玩了，肚子脹死了，要生了。」

大仇雪恨今日終得報，爽！

陸悍驍愜意地翹起二郎腿，悠哉地叼著一根菸，「早就跟你說了，少嘲諷我的牌技，我陸悍驍動起真格來，讓男人生孩子。」

周喬：「……」

您還沒拿到奧斯卡小金人嗎？

「噓。」陸悍驍感受到來自學霸的鄙視，壓低聲音討好道：「好人幫到底。」

呵呵，幫你吹牛。

周喬內心一聲嘆氣，這位哥哥實在是，太邪門了。

陳清禾重回大眾視野，一身輕後又開始躁動，「打牌我輸了，請大家去游泳。」

周喬眼皮一跳，大晚上的，游什麼泳？

她雖然沒說話，但表情細節十分生動形象地寫了四個字，智商堪憂。

陸悍驍把她的變化一個不落地看在眼裡，忍不住微彎嘴角，逗趣之心乍起。於是懶洋洋地回應，「好啊。」

好你個鵝哦。

周喬又想塞他一嘴枸杞了。

「欸，我不是太想……」

「我就去打個招呼，不游泳。」陸悍驍說。

「可是……」

「半小時，半小時就走，就當洗個澡，節約家裡的水費。」

周喬語噎，能不能再信他一次，畢竟，他現在的樣子，看起來太不可靠。

游泳池在公館一樓，被陳清禾包了場，這裝潢搞得貴到不要臉。

周喬看不上這群人，坐得遠遠的，拿出手機看起了《國際會計準則》。看了兩段概念，她抬頭瞄了一眼，咦，陸草包沒下水？

陸悍驍換好了泳褲，一個人站在深水區旁，和泳池中央的哥們格格不入。

他在做什麼？泡腳？

周喬不解，就聽到陳清禾的男中音，「悍驍，游過來啊！這邊的水花有點小，需要你來浪一下。」

陸悍驍神色不定，看起來心事重重。

陳清禾吹口哨：「你上次不是學會游泳了嗎？這要多練習，游幾次就熟了。」

戳到短處，陸悍驍當場跟他翻臉，「浪你的，少廢話。」

離得遠，周喬聽不太清楚他們在說什麼。

但陸悍驍開始行動了。只見他提氣收腹，一用力，肌理曲線拉伸得流暢爽利。泳褲雖然是黑色，不過從側面看，臀是臀，腿是腿，不帶一絲贅肉。

這關注點，有點過分了。

周喬壓下心思，默默移開眼，低頭看書。

泳池裡的陸悍驍表情凝重，深吸一口氣，然後蹲進水裡，再匍匐前進，往深一點的地方走。

「三、二、一。」

他心裡倒數，鼓起渾身勇氣，以一個相當難看的姿勢把自己砸進了水裡。

手怎麼動？對，打人的姿勢。

腳怎麼蹬？想起來了，腳踏單車。

池水瞬間包裹全身，好緊張！

陸悍驍拚命回憶，在水裡要淡定，不要懼怕，找到感覺就對了。

什麼感覺？打飛機時候的感覺。

「靠！」剛把自己放鬆，人就往水裡沉，陸悍驍吃了一嘴水，呼吸紊亂，動作失衡，他手忙腳亂地想站起來，但已經被浮力左右，根本無法淡定。

陸悍驍瘋狂撲水，章法大亂，「老子不會游泳！」

陳清禾那群小畜生，在遊樂區離得遠，還打起了水中排球，根本沒注意到這裡的尬水王子陸悍驍。

第一個發現不對勁的是周喬。她隨意瞄了一眼，就看到陸悍驍在水裡發癲。

「天。」反應過來，周喬丟下手機就往泳池跑。

他不會游泳！

周喬邊跑邊喊，動作迅速。陳清禾聞見響聲，也都驚呆了，「靠，悍驍溺水了！」

他們也朝這邊遊來，但離得最近的還是周喬。

周喬跑到池邊，毫不猶豫地伸出手、躍起腳，動作一氣呵成相當漂亮，「噗通」一聲投進了水裡。

游近了，但周喬嬌小，扯不動陸悍驍的精健肌肉，她索性沒入池底，抱住陸悍驍的腰，用力往上推。

陸悍驍他媽快瘋了，軟軟的手纏著他，肚臍眼怪癢的。

「別亂動！」周喬鑽出水面，手從他腋下穿插而過，從背後把人抱住。

陸悍驍驚魂未定，下意識地摟緊「浮木」。

「哎呦。」周喬擰眉，「別把我的脖子勒得這麼緊。」

想得美。

好害怕，好惶恐，老子就是不放手。

陸悍驍沒有安全感，緊緊貼著周喬這位貌美的救生圈。

周喬沒辦法，也不想廢話，張開嘴，低頭就往他手臂上咬。

陸悍驍痛得嗷嗷叫，可就是不聽話。

周喬急了，「鬆開！」

「不鬆就不鬆，老子怕水。」

「鬆不鬆！」比剛才更加厲聲。

陸草包猛烈搖頭。

「……」周喬沒被淹死，也會被他勒死，她沉心靜氣，軟了語氣，「放心，我不會丟下你。」

陸悍驍聽到這句話後，眼皮一顫。

「真的，我保證。」周喬說：「不讓你溺水，相信我。」

她眸光很亮，比水珠更亮。

兩人靠得比打牌時還要近，這一剎那，陸悍驍在她眼睛裡看到了迷宮。如煙似幻的感覺稍縱即逝，但他的手不由自主地放開了。周喬得以順暢呼吸，言出必行，手移到他的腰上，緊緊地環住。

帶著他游了兩公尺，周喬的手始終很緊。

「好了。」帶到淺水區，她欲鬆手。

「別別別！」陸悍驍瞬間緊張，主動握緊她的手心，五指穿越而過，十指就這麼緊緊地扣住。

「……」周喬默了兩秒，說：「你站起來。」

「我不！」

「你站一下。」

「我就不！」

周喬失了耐心，「這裡水深一公尺，還淹不了你的腰！」

陸悍驍愣了一下，然後小心翼翼地雙腳著地，一個挺身而出——嗯！喬妹沒騙人。

「悍驍你沒事吧！」陳清禾大呼小叫，終於游了過來。

一群人眾星捧月，關愛溺水草包。周喬沒停留，默默地上了岸。

陸悍驍的目光跟著她飛，女生浸過水的衣服貼緊身體，曲線柔和十分纖細。他剛才泡過水的大腦十分可恥地往不該想的地方流連忘返。

被周喬抱過的腰，發燙的感覺竟然愈發強烈了。

陳清禾：「你怎麼回事啊，教了幾百遍還學不會游泳？嗆水了嗎？躺著躺著。」

陸悍驍抹了一把臉上的水，「幹什麼？」

「幫你人工呼吸啊。」

「滾蛋。」陸悍驍一腳踹過去，「別擋路。」

周喬的身影已經快到門口，陸悍驍加快腳步追了上去。

「喬妹。」

周喬沒回頭，鬆開了濕透的頭髮。

陸悍驍遞來一塊大浴巾，「趕緊披著，我們現在回去換衣服，別感冒了。」

周喬接過，「嗯。」

「今天的事情真是謝謝妳。我只是腿抽筋了。」陸悍驍解釋。

周喬專注擦濕髮。

嘖，給點回應啊妹妹。

「我們什麼時候可以回去？」周喬聲音淡然。

「馬上。」陸悍驍也不再胡扯，笑道，「妳游泳還挺厲害。」

「我小時候就會了。」邊說，兩個人邊往外走。

「不過，今天還是挺開眼界的。」周喬彎了嘴，「第一次見識到，怕被一公尺深的水淹死的人。」

陸悍驍：「……」

這位女孩，妳真的是相當的壞啊。

周喬背對著也能想像身後男人吃癟的表情，嘴角的弧度笑得更深了。

陸悍驍把車開來，兩個人濕漉漉地回公寓。

救命之恩太容易提升好感度，車上，陸悍驍對這位淡定妹開始熱情起來。

「妳讀什麼科系？」

「金融。」

「呵，我們兩個同行啊。」陸悍驍問道：「研究所也是這個科系？」

「對，還不知道考不考得上。」

「打牌那麼厲害，可見精算能力和邏輯思考很不錯。」

周喬輕輕靠著車墊，說：「我有點偏科，概念性的學科我不太行。」

陸悍驍一腳急剎，總算逮著機會了，「這個我最在行！西方經濟學、政治經濟學，還有中國歷史上下五千年，不是吹牛，我真的能倒背如流。」

「……」

面對草包，哪怕他再帥，周喬也覺得心很累。

就知道她不信，陸悍驍清了清嗓子，「抽一個，我背給妳聽。」

懶得廢話，周喬敷衍地問：「邊際效用遞減規律。」

原本以為他又要開始瞎掰胡扯的表演，但……

「在商品消費數量不變的前提下，」陸悍驍朗朗上口，聲音沉而緩，「……效用的增加量有遞減的趨勢。如果妳還不明白，我可以畫個線性圖。」

周喬有點傻眼。

陸悍驍兩手搭在方向盤上，有一下沒一下地敲，「高中起我就去國外了，碩士也是讀金融。」

周喬一頓，側過頭，抬眼看著他。

「怎麼？有點崇拜了吧？」陸悍驍挑眉，眼角斜飛的時候，有淺淺的褶紋。

也不知怎麼的，他的良心開了光，突然說：「喬妹，以後我幫妳補習吧，教妳寫作業怎麼樣？」

周喬：「……」

「讀書時候成績拿第一，開公司也年年盈利，只是打牌老是輸。」陸悍驍納悶的嘮嘮叨叨，「邪門，改天去拜拜大佛驅驅邪。」

周喬心想，還用得著佛祖保佑？就您這畫風往門口一站，可震十里妖孽，護八方平安。

就在陸悍驍的形象快要拉回正軌之時，他又開始本性流露，吹了聲口哨扯起淡來。

「喬妹，妳多大？」

「二十二。」

「好樣的。」

「……」

陸悍驍感嘆道：「等我幫妳補補課不再偏科，妳這個水準就可以說是國家未來的花朵了。」

周喬：「……」

呵，花朵聽了想打人。

兩人回到公寓，一開門，齊阿姨迎面就是一個問號。

「呀，小喬怎麼濕成這樣了？」

陸悍驍猛地咳嗽，一把年紀的老寶貝了，怎麼這麼說話。

齊阿姨匪夷所思，「悍驍你喉嚨發炎了？那可不行，我要幫你燉個大鴨梨。」

「我沒事。」趕緊攔住人，陸悍驍說：「今晚那鵝份量多，吃多了有點上火，沒關係，睡一晚就好。」

齊阿姨半信半疑。

陸悍驍走到客廳，看到桌子上有針線盒和碎布。隨口問：「齊阿姨妳在忙什麼？」

「哦，今天洗完衣服，晾曬的時候，看到你一件褲子脫線了，順手補一補。」

陸悍驍瞬間緊張，「哪件褲子？」

「喏。」齊阿姨指著沙發，「布料還挺軟，當睡褲穿蠻不錯的。」

天，睡什麼褲啊，那是限量版的休閒褲，風格就是做舊。陸悍驍得到它沒少費工夫。他拎起褲子，褲腳的磨毛碎邊已經被縫得整整齊齊。

齊阿姨沒有等到表揚與認可，好挫敗。

陸悍驍立刻換上笑臉，「您這針線手藝，也太好看了吧？瞧瞧這針腳、這走線、這配色，我很滿意，謝您了。」

「不謝不謝。」齊阿姨瞬間歡天喜地，「對了，我還見到一件破了洞的牛仔褲，要不要也……」

「不要！」陸悍驍咆哮，「千萬不要！」

那是他上個月國外出差買回來的心頭愛，金屬龐克款，大腿位置是漁網狀的破碎效果，相當的時髦。當時一個殺馬特也看中了，陸悍驍差點跟對方打起來，那激烈的場景，回國後還做了好幾次噩夢。

眼見齊阿姨被他的激動情緒震住，陸悍驍趕緊緩聲，笑臉相迎，輕聲細語，「我是怕您扎了手。」

一直沒吭聲的周喬，偷偷彎起了嘴角。

她似乎能理解，陸老爺子罵自己孫子是草包時候的心情了。

齊阿姨收拾一下就回房休息了。

周喬洗完澡出來，發現客廳還亮著燈。陸悍驍坐在沙發上，低著頭也不知在幹什麼。

周喬斂神，打算回臥室互不相干。

「我靠，這什麼線啊，如此堅不可摧。」

周喬的腳步停住，側過身子。

只見陸悍驍不知從哪找出一把大剪刀，看來是想把褲子上的線拆掉。

周喬沒停留，直接回了臥室，幾秒之後，她重新走出來，「給。」

陸悍驍抬眼，一把小巧的剪刀伸到在面前。

「用這個，刀頭尖，方便挑線。」

陸悍驍笑道，「喲，提前賄賂老師？」

「……」老師你個鬼啊。

「不錯，好拆多了。」沒幾下就弄乾淨，陸悍驍抖了抖褲子道：「陸總讓你重見天日。」

「……」周喬真誠地表揚，「你的服裝喜好，還挺特別。」

陸悍驍嗤了聲，「平時沒太多機會穿，公司事情多，這點分寸我還是有的，妳想想，高層會議的時候，總不能穿破洞牛仔褲，翹個二郎腿，聽部門講解PPT吧？」

這個畫面也太衝擊了。

周喬瞄見旁邊那件牛仔褲，終於破功笑出了聲。

陸悍驍無所謂道：「誰還沒個特殊嗜好。」

所以您的嗜好，就是收集破銅爛鐵？

「對了！」陸悍驍猛地出聲，站起來往鞋櫃處走。

「我還有幾雙珍藏版的鞋子，可別被齊阿姨當垃圾扔掉。」

好奇心作祟，周喬跟上去一探究竟。

陸悍驍拉開鞋櫃門，映入眼簾的一幕讓周喬內心一串驚嘆號，這是什麼東西？

「這雙豆豆鞋，是我去年在澳大利亞的一個拍賣會上拍到的。」

豆豆鞋？穿豆豆鞋的霸道總裁？

這位哥哥，你是準備穿著豆豆鞋去澳大利亞擼羊毛嗎？

周喬蹲下來，和陸悍驍肩並肩，真的很想採訪一下他的心路歷程。

「全手工縫製，都是幾十年的老手藝人，看，裡面帶了一層茸毛，冬天穿也不會冷。」

是，道理全都懂，可周喬還是想問，鞋面上那兩隻碩大的誇張毛毛球，是什麼意思？

周喬問：「這鞋，你穿過嗎？」

「沒。」陸悍驍說：「用來收藏，心情不好的時候看幾眼，心臟就又活蹦亂跳了。」

還有這技能？

陸悍驍歪頭，朝著周喬突然一笑，「逗妳的。」

「……」

「其實當時買來，是準備當生日禮物送給陳清禾。哦，就是晚上和妳打牌，氣質最土的那個。」

陸悍驍把鞋掂了掂，「後來仔細一想，他太便宜了，別玷污了這雙鞋，所以我就沒送。」

周喬除了點頭，無話可說。

陸悍驍把鞋收好，站起身，居高臨下看著她，「時間還早，幫妳補補課，把書拿來我看看。」

周喬：「……」

「別杵著，去拿。」

其實接觸了兩天，周喬發現陸悍驍是個很隨性的男人，喜歡做劍走偏鋒的事。據經驗推斷，這種男人都有點隱性的人來瘋氣質。

別跟神經病抬杠，而且她本來就是打算回臥室看書的。周喬拿了本習題出來，陸悍驍翹著二郎腿，一頁一頁地翻。

「這個題，劣幣驅逐良幣現象的產生條件妳怎麼選A呢？」

「嗯？」周喬湊近看，「不對嗎？」

「還有這一題，我承認，妳這個解題方式相當的氣勢恢宏，但喬妹，妳和公允價值有什麼血海深仇？竟然不考慮它的變化情況，它很傷心啊。」

「……」周喬有點茫然，哥哥，你講題的時候，能不能別把自己當相聲演員？

「看清了，我講解一遍。」陸悍驍拿筆在計算紙上演算，字和手指一樣好看。

他的解題方式很簡潔，行雲流水下來，等等，怎麼還要在末尾簽了個名？

「不好意思，簽文件簽習慣了。」陸悍驍筆尖收不住，倒也不慌不亂，「妳忽略吧，反正也賣不了幾個錢。」

「……」您還挺有自知之明。

「妳的邏輯思考和精算功底很扎實，但文字概念這塊有欠缺，這樣會導致妳在解題之初思考方向就是錯誤的。」

陸悍驍突然正經起來讓人害怕。

「是不是覺得死記硬背很痛苦？」

她點點頭。

「偶爾記憶力衰退，胸悶氣短，呼吸不暢，想撕書？」

「……」僵硬地繼續點頭。

陸悍驍聲音沉，表情嚴肅，「沒關係，我教妳一個方法。」

周喬洗耳恭聽。

「就是啊，」陸悍驍突然壓近，這架勢，神祕中透著一股做作，「從明天開始，妳呢，乖乖的，聽哥哥的話，早中晚吃兩個核桃。」

大事不妙的感覺接踵而來。

周喬警惕，「吃核桃幹什麼？」

陸悍驍自然而然地伸出食指，輕輕戳向她的眉心，說：「補腦。」

核桃聽了想打人。

「哈哈哈哈。」

但很快，陸悍驍就哈不動了。

他的手指還在周喬的眉心上，皮膚的溫度順著指尖往上爬，酥癢得相當過分。

陸悍驍趕緊收手，兩個人一時沉默。

周喬故作輕鬆打破僵局：「這也是習慣？文件除了要簽名，還要蓋個章？」

他笑起來，調侃道：「那還是有差別的，畢竟，蓋了章的東西就是我陸悍驍的了。」

周喬被這話嗆的猛烈咳嗽。

陸悍驍：「喬妹，以後我教妳寫作業，妳教我打牌，好嗎？」

周喬沒應聲，一路咳著跑去了廚房喝水。

陸悍驍看著她的背影，自信挑眉，「就哥這水準，讓妳分分鐘當上國家未來花朵裡的霸王花。」

第三章　陸總裁的炒股指導

相安無事了幾天，周喬也摸清了陸悍驍的作息規律，起得比雞早，睡得比狗晚。晚上零點前不會歸家。

齊阿姨說：「悍驍性格開朗，喜歡交朋友，有兩個玩得特別好的，一個叫陳清禾，還有一個叫賀燃，最近他們三個經常聚在一起打麻將。」

周喬心想，還打麻將？農夫山泉水這幾天應該快被陸悍驍喝到停產了吧。

「齊阿姨，我今天去學校，中午不回來吃飯了。」周喬收拾好東西，準備出門。

「天氣熱，家裡清靜，要不然妳在家讀書，我還能打點果汁給妳喝。」

「不了，」周喬說：「我今天是去找教授的，如果考上了，我的指導教授就是他。」

齊阿姨對高知識分子特別有好感，驕傲地說：「行，那我晚上做燒雞，幫妳補補。」

今天週六，陸悍驍的臥室房門緊閉，看來是打麻將累著了。臨近中午，他才睡得神清氣爽走出來，瞬間被客廳的肉香勾了魂。

「你睡醒了？我幫你燉了……」

「這位廣場舞一枝花齊阿姨，請妳別說話。」陸悍驍吊兒郎當，「這香味，一聞就是紅燒豬腳，對不對？」

齊阿姨喜笑顏開，「對。」

陸悍驍忍不住興奮，「豬腳好，吃什麼補什麼，我這手氣真的邪門，是時候吃個豬蹄轉轉運。對了，周喬呢？」

「她啊，去學校了。」齊阿姨把菜端上桌，「好像是見什麼教授。」

「她還沒考上就跟了導師？」陸悍驍幫忙盛飯。

「我聽你奶奶說，小喬大學成績很好，老師幫她引薦了教授，名氣很大，收學生很挑剔的。」

陸悍驍沒放心裡，扒了兩口飯，「齊阿姨，晚上不用留我的飯，我等一下就出去。」

「你要出去？那正好啊！」齊阿姨趕緊去廚房，「我榨瓶果汁給周喬，你順路帶過去。」

陸悍驍：「別榨果汁了，換一個。」

「換什麼？」

陸悍驍吃了一口肉，貼心道：「核桃汁吧。」

吃什麼補什麼，他悶笑，「再加點牛奶，味道更好。」

從公寓去復大，開車十分鐘。

陸悍驍提著核桃汁，吹著口哨，輕車熟路地走進學校。

來之前和周喬打了電話，她在二號大樓。

陸悍驍戴著墨鏡，衣服褲子是黑白配色，修身又簡單，加上一雙大長腿，吸了不少目光。上樓，正巧看到周喬和一個中年男人從辦公室出來。

陸悍驍皺眉，喲，這也太巧了吧。隔著墨鏡，他饒有興致地看著周喬。

那樣子乖的，就像一個等分數的委屈小學生。

看來，李魔頭還是一如當年的魔性。

陸悍驍摘下墨鏡，吹了一聲騷氣的口哨，懶懶地喊：「李老頭。」

兩人隨聲望過來，周喬還沒來得及開口，就聽到身邊的知名教授嗨呀一聲，「陸悍驍！」

上一秒還高冷似冰霜的知識份子，已經笑臉迎上去，「臭小子，多久沒來看我了？」

「年後一直忙，是我大意了。」陸悍驍攀著他的肩，十分熟絡。

李教授：「你怎麼到這裡來的？」

陸悍驍笑著說：「社區送溫暖。」他的手一指，目標直落前方的周喬，「介紹一下，這位是我的……」

關鍵時候，他故意停頓。

然後露出一口齊整的大白牙——「是我的家教學生。」

周喬：「……」

喬妹並不是很想和你玩師生 play。

陸悍驍看周喬吃癟，忍住笑，對李教授說：「恩師，晚上請你吃飯，吃完飯我們來打麻將。」

高冷男神李教授竟然滿口答應，「行，手指癢很久了。」

「……」

喂，為人師表啊老兄。

陸悍驍笑臉走到周喬身邊，「這書夠重的，來，我幫妳。」然後壓低聲音，「這可是跟妳男神打麻將的好機會，別讓老頭輸得太難看。」

周喬心想，你這空穴來風的自信，真的很莫名。

三個人驅車趕往草包根據地。

在車上聽閒聊，周喬才知道原來陸悍驍在國外念書的時候，就跟過李教授做課題，也算是他的得意門生了。

陸悍驍沒有拿這件事進行炫耀，很不符合他的人設。

可見，他是真的不太喜歡讀書。

晚餐吃的是湘菜，辣到李教授嘴巴周圍一圈紅。

陸悍驍把節目排得滿滿的，「師父，等一下打麻將，我們還是按老規矩，你看行嗎？」

「行，不吃牌。」李教授問：「人夠嗎？」

「夠，我的兩個哥們已經等在那了。都是人傻錢多型，對了，先把您的包清空，用來裝錢。」

後座的周喬，被晚風吹得頭髮微蕩，不可抑制地抿嘴笑。

人傻錢多？當真是物以類聚啊。

到了公館，陸悍驍領路，推開包廂門一聲嚷——

「裡面的人，麻煩出來接個駕！」

李教授笑容堆滿臉，被哄得身心舒坦。

「駕你行嗎，繞場三圈。」最先回應的是一道字正腔圓的男中音，賀燃迎過來，客氣地對李教授點了下頭，然後瞥了周喬一眼，再饒有興致地望著陸悍驍。

「別用眼神對我耍流氓。」陸悍驍指著周喬，「我最近兼職家教，這是我的第一屆學生。」

他這臭德行賀燃是知道的，沒理，而是表情凝重地對周喬說了聲，「小妹妹，妳受苦了。」

「靠。」陸悍驍最煩他，「今晚讓你輸到變賣丁字褲！」

「哦。」賀燃風輕雲淡地在他耳邊落話，「我今天，沒穿內褲。」

靠，騷成這樣。

牌局正式開始，陸悍驍把周喬推向戰場，「經受住今夜的考驗，跨過去，妳就是雀壇小公主了。」

公主聽了想出家。

周喬輕聲，「其實你不必有這麼大壓力，今晚輸了的又不喝農夫山泉水。」頂多輸點錢。

陸悍驍當即嗤聲，十分驕傲，「只要這座城市的天不塌、地不裂，我陸悍驍就堅持一毛不拔路線，一百年不動搖。」

他還想繼續，「放眼方圓十公里，我陸……」

話到一半，突然被打斷。

周喬聲音淡，「我不會讓你輸。」

陸悍驍啞口，她輕飄飄的一句話，也不知怎的，就讓自己瞬間泛起雞皮疙瘩，還是全身型。

而整場牌局下來，周喬發現，陸悍驍竟然沒有貧嘴了。

他不說話，安靜時的樣子，氣質淡淡的很拿人。

周喬分了一下神，心想，就這麼當一座雕像，賞心悅目的不是很好嗎。

陸悍驍被她的目光打擾，有點不自在地起身倒水，借機躲開。

玩了兩個小時麻將，只有陳清禾一個人輸，讓他體會了什麼叫做智商挖土機。

眼見陳清禾就要口吐白沫，陸悍驍救援，「師父，坐久了會坐骨神經痛，不如我們轉場，去K歌如何？」

人民的教師，請你拒絕這種歪風邪氣！

而下一秒，周喬就聽見李教授嗨呀一聲，「好啊！」

「……」

這公館裡什麼都有，KTV就在樓上。

周喬去洗手間，陸悍驍一行人先唱了起來。

得閒，賀燃對他吹了聲很壞壞的口哨。

「靠，發什麼騷？」

賀燃一臉帥笑，「這女孩是誰啊？」

「親戚家的，暫時寄宿在我這。」陸悍驍警惕道：「我看你的思想很有問題，我要告訴簡皙。」

賀燃叼著菸，嘴角斜飛，意有所指地說，「你這親戚，精得很。」

陸悍驍：？？

「打麻將的時候，她克制收斂，本來可以贏更多。」賀燃彈彈菸灰，挑眉道：「她在討好你那位老師。」

陸悍驍恍然大悟，這年頭，美少女不好當啊。

賀燃拍拍他的肩，「下一首你的歌。」

周喬從洗手間出來，站在門外吹了下風。

還沒到包廂門口，就聽到一曲驚雷似的前奏，相當氣勢磅礴。

她推門，被眼前的景象驚住。

人民的教師一點也不人民了，李教授拿著麥克風，踩不準節拍地唱著：「我真的還想再活五百年！」

一曲高歌完，還幫自己按了個全場歡呼的罐頭音效，口哨聲掌聲真的是相當做作。

周喬：「……」

看來是該重新考慮指導老師人選了。

而一旁的陸悍驍，只差沒幫教授伴舞，他拿起另一支麥克風，配音道：「給，五百年給您了！」

周喬看了一下，偏頭輕輕笑了起來。

這個哥哥很讓她開眼界，似乎與身俱來一種開朗特質，十分懂得人際交往投其所好。陸悍驍信奉的應該是大智若愚的人生，所以才活得自我和灑脫。

周喬抿唇，目光跟著小霸王一路遊走。

「教授今天最嫵媚，再來一首〈樹上的鳥兒成雙對〉。」陸悍驍兩手一抬，「掌聲在哪裡？」

李教授又按下系統自帶的歡呼特效。

察覺到周喬的目光，陸悍驍脫韁的思緒一收，自覺地放下麥克風，安安靜靜地演起了寂寞如雪。

一旁的人精賀燃，瞄了瞄他，嗤笑一聲，「裝。」

陸悍驍一聽就炸，「我跟你講，你不要太囂張！」

「囂張惹你了？」賀燃杠他。

「你懂什麼，我這位親戚家的女孩，她現在可是站在人生的十字路口，迷茫著呢，我這當哥哥的肯定要以身作則，別把混社會的那套過早展現，花季雨季你懂嗎？老男人。」

賀燃被他繞暈了，佩服道：「老子說一句，你他媽寫作文呢？」

陸悍驍語噎，靜下心一想，的確激動過了頭。

K歌結束，把嫵媚的李教授送回社區後，車上只剩陸悍驍和周喬。

車裡沒開空調，陸悍驍把車窗全部滑下通風。

周喬坐在副駕駛座，把手伸出窗外，五指張開捕風玩。

陸悍驍兩手搭著方向盤，隨意聊，「是不是覺得哥挺幼稚？」

周喬一頓，什麼情況，深夜心靈雞湯？

她想了想，「不會。」

陸悍驍笑了笑，「言不由衷是會被丟下車的哦。」

那好吧，周喬委婉表達：「是我見識少，不是你的問題。」

陸悍驍挑眉，「小妹妹還挺會說話。」他輕鬆地敲著方向盤，解釋道：「我們家兄弟姊妹多，大都走的是文化人道路，很規矩，我算是異類，所以我爺爺沒少整我。畢業後，自己開了公司，前兩年有夠累，這幾年也算有點成就。」

周喬側耳傾聽。

「說實話，工作壓力挺大，早些時候，應酬起來沒完沒了，個個是大爺，我能把酒喝成礦泉水，一瓶瓶喝下去不眨眼。」

陸悍驍笑道，「所以，私人生活，我不想過得太束縛。」

周喬「嗯」了聲，「每個人都有自己的紓壓方式。挺好的。」

「老氣。」陸悍驍不客氣評價。

恰遇紅燈，車身緩停，他撐著太陽穴，懶洋洋地轉過頭看她，「我說，二十二歲的美少女，跟哥學學，嗨起來啊，憋著不難受嗎？」

周喬：「……」

很想一腳踢翻這碗草包雞湯。

陸悍驍挑眼，「妳現在是不是在心裡罵我了？」

周喬：「……」

他清了清嗓子，「罵出來，就像這樣。」然後，他捏著喉嚨，突然地模仿起女聲，「陸悍驍你這個老男人，可不可以安靜點！」

尖聲細氣，精髓相當到位。

周喬渾身觸了電般，按亮了體內的笑穴開關，再也忍不住放聲大笑起來。

陸悍驍看著她難得的豁然流露，眉眼彎彎，放鬆恣意。

「好看。」

周喬的笑容斂在嘴角，側過頭看著他。

兩人對視，陸悍驍還是這副不正經的語調，勾著笑，「我說，妳笑起來真好看。」

過了幾秒，綠燈亮，陸悍驍看路，吹著口哨轉動方向盤。周喬繼續看窗外，霓虹還是那麼亮，夜風不減，但她的手心，卻莫名發了熱。

半小時後回到公寓。

一開門，兩人被眼前的陣仗嚇了一跳。

「阿耶，齊阿姨，您可夠熱愛生命的啊。」

客廳裡，〈好一朵美麗的茉莉花〉的音樂十分夠力，齊阿姨正跟著iPad裡的影片翩翩起舞。

「你們回來啦。」齊阿姨正好凹了個插腰抬腿的造型，相當的S，「正好，小喬快來幫我看看，這個動作我老是學不會。我都快被舞蹈大隊開除了。」

陸悍驍驚嘆，「您還有隊伍呢！」

「嘿嘿，廣場舞、廣場舞。」齊阿姨笑道。

周喬放下包走過去，「是跟這個影片學嗎？」

「對，倒退回去，妳看一遍。」

周喬蹲在地上，看起了教學影片，模樣認真。

陸悍驍回臥室準備洗澡。

二十分鐘後，他神清氣爽地走出來。

「您這個手，要往裡扣，像我這樣。」客廳裡，周喬糾正齊阿姨的動作，「還有腳步，記住，先邁左腳。」

陸悍驍靠著門板，饒有興致地邊擦濕頭髮邊欣賞。

「學會了嗎？」周喬很有耐心。

「會了會了。」齊阿姨摩拳擦掌，「跟著音樂來一遍，小喬，妳領個舞。」

周喬倒也大方，「好。」

〈茉莉花〉準備。

前奏一起，陸悍驍跟著一起吹口哨。

周喬身材勻稱，目測是雙大長腿，陸悍驍挑眉，喲呵，有點功底啊。

嗯，美少女跳得不錯，只是這位齊阿姨……您是在模仿下田插秧嗎？

「喬喬妳慢點，哎呦，我的手腕又轉不過來了。」

周喬側頭看了一眼，著急道：「齊阿姨，您別走同邊路啊！」

陸悍驍憋住笑，都快成內傷。

周喬回頭的一瞬間，他趕緊冷漠臉，假裝去廚房喝水。

齊阿姨的樂觀精神十分值得學習，她大手一揮，「再來！」

陸悍驍一走到廚房，立刻躲在門後，繼續偷窺——

哎呀呀，這個小喬妹妹，劈腿的樣子最好看。

我靠，齊阿姨，您是在擼羊毛呢，動作相當有農村風範啊。

一曲終了，陸悍驍的內心戲跟著落幕，又一臉冷漠地捧著水杯走回臥室。

周喬瞄了他一眼，也說不出哪裡奇怪。

齊阿姨傷心，「我跳得太不好，連悍驍都不表揚我了。」

周喬：「沒事，明天晚上我再教您。」

齊阿姨點點頭，重新恢復鬥志，「休息一下，我去做宵夜給你們吃。」

而臥室裡。

陸悍驍躺在床上，翹起二郎腿，捧著本《腦筋急轉彎》看了一陣子，後來覺得無聊，他赤腳下床，在鏡子前照了照，怎麼看都帥。

照了幾下，陸悍驍心思一起，想到剛才周喬的舞姿，又分了神。

回味一下，美死了。那手指看起來就很軟，翹成一朵花水靈靈的。

陸悍驍不由自主地模仿起她的動作，大長手一個螺旋式僵硬型旋轉，硬生生地翹出一個蘭花指。

還有腳，對，交叉放。

腰身軟啊，綿綿地動，看起來就很有Feel。

陸悍驍邊重溫，邊實踐，對著鏡子，扭腰、提臀、甩胯，嘴裡唱著：「好一朵美麗的茉莉花——好一朵美麗的茉莉花——啊——啊……」

然後他猛地張手，使出一招大鵬展翅。

繼續接著唱，「啊——啊——我的愛，赤裸裸，赤裸裸，赤呀赤裸裸——」

就在這時——

「悍驍啊，我幫你做了宵夜。」

伴隨著聲音，房門「啰噔」一聲被推開，齊阿姨和周喬出現在門口。

兩人瞪大了眼睛，盯住大鵬展翅的陸悍驍。

氣氛尷尬得想自殺。

我靠！

陸悍驍內心一陣咆哮。

齊阿姨嘴唇顫抖，大驚失色，「天啊，悍驍，你這是在跳大神嗎？」

而一旁的周喬已經蹲在地上，抱著肚子一頓狂笑了。

陸悍驍站在原地，腦子虛脫。

齊阿姨還沒恢復過來，兩手搥著自己的太陽穴，來回踱步道：「天，我的天啊。」

「您別喊了，天還沒塌呢。」陸悍驍很納悶。

「對，對，不能喊，喊了沒用。」齊阿姨腦門開光，靈光一閃，「明天是該買隻土雞燉點枸杞幫你補補了。」

打發一個是一個，陸悍驍對她揮手，「行行行，燉兩隻，一隻不夠吃。」

齊阿姨驚魂未定地回了臥室，陸悍驍眼睛一低，瞅著還在笑的周喬，「妳被點了笑穴啊？」

周喬憋不住。

「關不上是吧？我幫妳。」陸悍驍面子受傷，擼起袖子就來收拾她，毫不客氣地掐著她的手臂撓癢癢。

周喬蹲在地上，本能地躲。

陸悍驍拽著她的手腕把人拉起，「哥讓妳笑個夠行不行？」

太無恥了吧。

周喬被他定在門板上，兩個人的姿勢相當靠近。陸悍驍還他媽的瞎撓，「笑一笑，少十年，哥讓妳少到有資格過兒童節。」

但很快，兩個人就安靜如雪了。

周喬被她按著，這就是傳說中的壁咚。臉也太近了，兩個翹鼻子都快鼻尖碰鼻尖了。

癢，超癢。

陸悍驍趕緊鬆手，不自然地摸了摸自己的鼻子。

周喬的眼睛也有點不知該往哪裡放，補了一句，「別摸了，鼻子沒掉。」

陸悍驍動作一停，重新對上她的視線，兩秒交匯，「噗嗤」一聲，兩人同時笑出了聲。

齊阿姨做的宵夜還在桌上冒熱氣，她早上包的餛飩，是白菜玉米餡。陸悍驍一口塞兩個，這支舞蹈跳得他元氣大傷。

「要不是齊阿姨跳得太難看，我也不會印象深刻。」陸悍驍邊吃邊解釋，「是這樣的，我在臥室看了下書，一想不對勁，到底是齊阿姨缺少舞蹈天分，還是動作本身就很難？」

周喬靜靜地聽著他裝。

「我放下書本，跳起來就是一個蘭花指。」陸悍驍繼續道：「隨著歌曲漸入高潮，我彷彿聞到了茉莉香，受不了，太刺激了，香的我張開手臂就是一個金雞獨立，正好被妳們看到——心路歷程就是這樣子。」

周喬細嚼慢嚥，聽後放下湯勺，抬起頭問：「你看什麼書？」

「嗯？」這問題重點不太對啊，陸悍驍眨眨眼，「《腦筋急轉彎》。」

周喬一口餛飩沒咽下去，猛地咳嗽。

「欸，怎麼回事，快喝水，吃東西太快是會得風濕病的。」陸悍驍推過水杯，「《急轉彎》看起來不怎麼樣，但其實就是逆向思考的一種延伸，偶爾看一看沒壞處。」

周喬一臉茫然。

「我舉個例子。」陸老師課堂開課了，「妳看我現在的表情，是什麼？」

周喬老實說：「是在生氣。」

「對，天大的生氣。」陸悍驍皺眉怒目，那模樣做作得可以上天。

所以呢？您老人家想表達？

「我現在提問，妳猜，我為什麼要生氣。」陸悍驍壓低聲音，特地把臉湊近。

周喬不明所以，拿起湯勺，邊吃餛飩邊想。

舞姿尬到自己想哭？覺得自己太蠢？

周喬斂神，望著他搖了搖頭，「不知道。」

陸悍驍指著腦子，「用急轉彎似的逆向思考來解題。」

周喬還是搖頭，配合問：「答案是什麼？」

「我生氣是因為，」陸悍驍兩手往桌上一拍，「碰」一聲悶響，語氣揚高八度，「氣死，我怎麼可以長得這麼好看！」

「哐噹」一聲，周喬的湯勺沒拿穩，砸進了碗裡，湯水四溢，濺了幾滴到陸悍驍眼中。

「哎呦喂！」陸悍驍喊難受，「好刺眼。」

周喬一看糟糕了，趕緊遞面紙給他，「別動，我擰毛巾給你。」

她飛快跑進洗手間，打了一盆涼水出來，毛巾擰得半乾遞給他，「快擦一下。」

陸悍驍手腳癱瘓，往椅背上一靠，閉著眼睛直哼唧，「妳幫我，我什麼都看不見，糟糕要得白內障了，可能還會失明。」

無賴得有點過分了。

周喬忍著親自動手，站到他面前，微微彎腰，動作很輕。

被涼意刺激，陸悍驍一個抖動，瞬間睜開眼，「喲，好了！小喬妹妹，妙手回春啊。」

周喬：「……」

可不可以把毛巾塞您嘴裡。

陸悍驍樂的繼續吃餛飩，鬧夠了，總算不再扯淡地聊起了正事，「妳想跟的導師就是李老頭吧？」

周喬嗯了一聲，「對。」

「妳聰明，看出來今晚我是在幫妳，讓妳打麻將，就是想讓老頭對妳有個大致的印象。」陸悍驍說：「他是實幹派，不喜歡偏重理論研究，所以妳複試的時候，注意一下方式投其所好。」

周喬不是很明白，「投其所好？」

「我舉個例子。」陸悍驍清了清嗓子。

等等，您又開始舉例？

周喬深吸一口氣，先做好心理準備再說。

陸悍驍想了想，說：「就拿炒股票來說吧。」

周喬：？？？

小陸總課堂又開課了。

「想要賺錢，選好支潛力股是基本條件。那麼，什麼才是潛力股呢。」

陸悍驍聲音沉緩，手指扣了扣桌面。

「首先，名字很重要，股票名不能太喪氣，比如什麼TCL，這個一看就聯想成『太差了』，不吉利難成大器。還有重慶啤酒，看看它的縮寫CQPJ，這不是耍流氓嗎，出去嫖妓，三觀不正不可取。」

周喬心想，也就您能往這方面想。

「以及這個中國人壽，我靠，人獸，妳能指望人面獸心的東西賺錢嗎？」陸悍驍搖了搖頭，「一看就是個坑妳沒商量的。」

周喬細想一下，瞎掰胡扯的玄學，好像還有那麼點道理，於是問：「那該怎麼選？」

「當然要威武霸氣的名字。」陸悍驍掰起了手指。

「比如，黃河旋風，這個名字沾著偉大母親河的光，還自帶湯瑪斯螺旋槳式旋風效果，一看就堅挺。哦，當然也要分情況，像中華重工就不太合適，太重了，漲不起來。」

周喬笑到不行，手撐著下巴，聽得竟然有點入迷。她好奇地問：「你的公司上市了嗎？」

「上了。」陸悍驍很驕傲，「那K線圖，漲幅比妳還美。」

周喬一愣，尬撩？

趕緊轉移話題，既然您對股票名字如此有研究，那麼請問：「你公司的股票叫什麼名字？」

陸悍驍滿臉洋氣，「LBB。」

周喬沒反應過來，「英文嗎？是縮寫？」

「對。」陸悍驍挑眉，「陸寶寶。」

寶寶聽了想嚎啕！

周喬伏在桌上，笑到直不起腰。

陸悍驍敲了敲桌面，「幹什麼啊，歧視姓陸的，還是歧視寶寶啊？我在傳授經驗給妳呢！」

周喬忍住，「好好好，你繼續。」

「股票名字搞定，就點開它，看看它的漲跌情況。」陸悍驍說：「那種走勢跟嗑了藥一樣，跌宕起伏的，千萬要淘汰，這種股票發起瘋來六親不認。」

嗯，有道理。

「那種走勢平緩溫柔，跟四川盆地似的股票，一個字，買。」陸悍驍說：「它是典型的蓄勢待發，能從四川盆地變成珠穆朗瑪峰。」

珠穆朗瑪峰：滾開。

啊，話題好像扯的有點遠。

陸悍驍回到正題，「這個李教授，愛好理論與實踐相結合的學生。妳記住，以後他的問題，妳回答時，把那個什麼排比句啊、比喻句啊，插敘倒敘都使上，再加一點魯迅名言，務必把他繞成老年癡呆。」

周喬：「……」

陸悍驍突然住了嘴，看著她，燈光暖黃，斜斜灑來，目光溫柔，周喬被盯得有點發毛。

十幾秒之後，陸悍驍挫敗：「妳怎麼不來點掌聲呢？虧我等了這麼久。」

周喬雖然無語，但也莫名鬆了口氣。

難得的，她竟然配合地依了他，掌心貼合，敷衍地拍了幾下。

陸悍驍笑了笑，突然說：「妳的手機呢？」

「嗯？」

「加個好友。」陸悍驍挺真誠，「以後妳課業上遇到不會解的題目，拍個照片傳給我就行。」

周喬一聽覺得很奇怪，但既然這麼說了，也不好拂面子。

陸悍驍拿起自己的，「號碼多少？」

周喬說了，只見陸悍驍按了幾下，「傳了好友申請。」

「嗯，我手機在房裡充電，等等去通過。」

「行。」陸悍驍起身伸了個懶腰，然後把碗收進廚房，「我去休息了，妳也早點。」

「好。」周喬看著他進了臥室，關上房門。

已經快十二點了，睡覺吧。

周喬回房，手機電量充滿，拔下插頭，她點進聊天軟體。

一則新的好友申請，還有留言——『免費看片加我喲！』

天，陸悍驍還做起了電商？周喬簡直嘆為觀止。

手機突然一震，又是一則新的申請。

陸悍驍：『新聞聯播全集哈哈哈哈。』

深夜室靜，周喬捧著手機，輕輕地彎了嘴角。這一次，她不再高冷，點了通過後，主動傳了一則——『老闆，看片。』

很快，陸悍驍死皮賴臉地回覆：『客官，想看什麼片？』

周喬想到晚上的股票講解，十分應景地回：『陸老師的那種教學影片。』

第四章　陸土豪

草包的主臥。

陸悍驍一頭埋進枕頭裡，瞄了這三則訊息，心裡激動。

心想，年紀輕輕漂漂亮亮，怎麼一言不合就開起車來了呢。

身體真是怪燥熱的。

手機又響，陸悍驍一看，是他們的兄弟群組，叫「撐起我市一片天」。這個不要臉的流氓賀燃，深夜開始送福利，連傳三張赤裸裸的動圖。

陸悍驍：「……」

媽的，刺激啊。

另一間房的周喬，顯然不知道陸悍驍有那麼多齣腦內大戲。

她點開陸悍驍的動態，最新的一則動態是：『出售腹肌照片版權，可作為整形醫院的整容範本，各位兄弟幫轉，有意聯絡一五七XXXX是我本人。』

周喬皺眉，隱約記得這不是他的手機號碼，往下看留言，果然，一個名叫「火然」的帳號回覆：『我靠，這號碼是老子的！』

陳清禾留言：『出售陸氏腱子肉，純散養，無公害，不吃飼料。』

陸悍驍：『滾，不要臉。』

周喬看笑了，再往下翻——

『今天憤怒地把鏡子砸了，裡面是什麼鬼，帥得如此人神共憤，陳清禾已經自卑得自殺。』

接著看，喲，下面這則動態還配了一張圖，是他公司股票連續三天漲停的K線圖。

陸悍驍的尾巴都快翹上天了，『陸寶寶，股票號碼六三〇一五二，您值得擁有。』

下面留言太多人吐槽，陸悍驍統一回了一句：『嫉妒就直說，誰還不是小仙女呢。』

小仙女看了想剪掉自己的聖光翅膀。

再下面……欸？

『Fish演唱會六月十八日點爆全城，分享此篇貼文有機會贏取演唱會貴賓票。』

陸悍驍把這篇貼文連續分享了十五遍：『我這麼貴氣逼人，抽我，抽我！』

周喬心想，不會吧，這位哥哥還是追星族？

她關手機前，看了陸悍驍的帳號大頭照一眼，是一個卡通的蒙面帶刀侍衛，頭上還有四個字：朕的江山！

周喬笑著搖了搖頭，拿起英語詞典，準備再背一頁單字壓壓驚。

夏日清晨陽光早，六點剛到，光就灑滿了屋子。

周喬起床換好衣服，齊阿姨剛好買菜回來。

「喲，小喬起這麼早呢。」

「對。」周喬說：「睡不著了。」

「哎呀，睡不著？是不是心神不寧，憂思難解，有時候胸悶氣短，還會產生一點極端的幻覺呢？」

「……」周喬連忙擺手，「沒沒沒，我向來早起。」

「不行。」齊阿姨為了大家的身體健康簡直操碎了心，「我去藥店買點中藥，燉隻雞幫妳食補。」

周喬趕緊道：「齊阿姨，真的不用，您給陸哥就行。」

「沒忘呢，我買了兩隻雞，你們一人一隻誰也逃不掉。」齊阿姨俐落地開始做早餐，「小喬，去叫悍驍起床，他還要上班別遲到。」

周喬沒覺得有什麼，走過去敲他的臥室門。

沒聲音。

再敲。

好幾秒，裡頭傳來懶懶的音調：「進來啊。」

不是很想進去。

周喬：「起床吃早飯了。」

房裡的陸悍驍一聽到是她，瞬間瞌睡全無。他一個激靈狂抖，從床板上跳起來，二話不說先來個隔空跨欄，「撲騰」一下跳到地上，然後昂首闊步，「唰」地拉開衣帽間，找了件微緊身帶修飾腿型效果的黑色長褲，套在大長腿上。

他故意沒扣釦子，只拉上拉鍊，任由褲子鬆鬆垮垮地掛在胯間，隱隱露出人魚線。

衣服當然是不能穿的，這個時候只能當個光著膀子的狂野男孩。

陸悍驍也不知中了什麼邪，去開門之前對著穿衣鏡再次檢查一番自己的腹肌。

嗯，不錯，八塊，沒有被偷。

周喬沒聽見裡頭有動靜，以為人又睡了過去，於是準備再敲門。手剛舉到半空——

「嘎吱」一聲，門從裡頭拉開，狂野男孩登場。

周喬：！！！

周喬受到了驚嚇。

這人怎麼不穿衣服？

陸悍驍像是一堵肉牆，直接橫在她面前，元氣滿滿地打招呼：「小喬妹妹，早上好啊。」

周喬盯著他的臉，隔夜的鬍渣微微冒出，睡意剛去，氣質平和。

陸悍驍跟她對視，心裡有點急，怎麼回事啊，眼睛不會往下看嗎？往下欣賞一下老子凹凸的身材行不行？

周喬目光規整，哪都不去，平聲道：「嗯，齊阿姨叫你吃早飯。」

然後轉過身，走了。

「……」這種心情怎麼形容，有點想自殺。

陸悍驍低頭瞄了自己的腹肌一眼，心想，我都快愛上自己了，妳怎麼能無動於衷呢。

十分鐘後，早餐上桌。

「小喬多喝粥，清淡養顏可愛多。悍驍吃油條，從此生活樂陶陶。」齊阿姨不辱陸老太太的使命，致力當好管家婆。

陸悍驍也不知發什麼脾氣，找碴著說：「我覺得她的粥比我的白。齊阿姨，您這樣差別待遇，是會被廣場舞團開除的。」

我靠，廣場舞三個字可是齊阿姨的逆鱗，她嗨呀一聲，「你行你來煮啊。」

周喬趕緊打圓場，把粥往陸悍驍面前一推，「給給給，換一碗。」

陸悍驍：「不要，妳已經喝過兩口，我的還沒動呢，生意人，從不虧本。」

除非……

他動作迅速，端起粥就是三大口下肚，然後乾淨俐落地往周喬面前一放，「現在好了。」

周喬笑，幼稚鬼附身吧。

玩笑開過了，陸悍驍恢復冷靜，也對她笑笑，「美好生活從早間娛樂開始。」

周喬抿嘴點頭，「好。」

她用碗掩著嘴，假裝淡定地喝粥，但那不由自主上翹的嘴角卻跟晨間的光一樣藏不住。

陸悍驍說起正事，「妳今天沒事吧？」

「嗯？」周喬抬起頭，「在家複習。」

「哦，李老頭邀請我去他家吃晚飯，我幫妳報了人頭。」

「我？」

「對，妳不是想當他的弟子嗎，幫妳鋪鋪路，提升一下好感度。」陸悍驍說：「不過我白天公司事情挺忙的，可能沒時間過來接妳。」

「那我自己搭車去。」這句話周喬還沒說出口——

「所以妳跟我一起去公司吧。」

周喬：？？？

「我辦公室安靜，妳背書不會受打擾，午飯呢，就吃員工餐。」

陸悍驍一本正經的模樣，還挺嚴肅，主要這件事確實是在幫她的忙，周喬有點不好意思拒絕。

她點點頭，「那好。」

陸悍驍垂眉斂目，吹涼熱粥，淡淡地「嗯」了一聲。

其實內心——呵，論不要臉，我總是要勝人一籌的。

就這樣，早餐過後，周喬胡裡胡塗地被陸悍驍帶進了賊窩。

陸悍驍的公司在三環內，去年翻新裝潢，風格設施都是頂規，與閉嘴時候的陸悍驍氣質挺像——很精英。

周喬被他帶進辦公室，兩扇紅木門一推，清冽的木香撲面而來。

「隨便坐啊。」陸悍驍把車鑰匙和墨鏡丟到桌上，「怎麼樣，哥這根據地大吧？午休時我們還可以在這裡踢毽子。」

周喬：「……」

您這業餘愛好，夠接地氣的。

辦公桌後面就是一整面的落地窗，陸悍驍站在桌前，已經開始過目待處理的文件。

周喬站了一下，反手關門，這一關不得了，她被門後站著的龐然大物嚇了一跳。

天啊！這是什麼東西？

「哦，我的機器人。」陸悍驍及時解答。

周喬：「……」

「他可好了，會倒茶、會說話，還會跳點簡單的舞。」陸悍驍很自豪，「我來示範一下。看啊，這是遙控器，按下開關。」

只見那機器人「biu——biu——biu」地開始響警報，兩眼發出飢渴難耐的閃爍紅光。

周喬趕緊躲得遠遠的。

陸悍驍：「先表演一個廣場舞。」然後他用字正腔圓的主播腔，對著遙控器嚷：「來首〈茉莉花〉。」

茉莉花：救命啊，我是被逼的。

音樂一響，機器人動了起來。

兩個手臂從自己的肩膀開始，這個舞蹈動作可以總結成：肩周炎犯了揉一揉，心臟停止跳動按一按，胃不舒服搥一搥，膀胱結石需要愛的撫摸。

機器人前面還挺按程序跳，可手一到胯間，就他媽開始瞎擼了。

茉莉花的音樂悠揚婉轉，機器人一直擼膀胱。

周喬看得有點尷尬，陸悍驍也腦袋冒汗，「不好意思，系統卡住了。我靠。」

他拿著遙控器一頓大力金剛指，數十下之後。

「碰」一聲——糟糕，機器人的腦袋瓜冒煙了。

「我的天。」陸悍驍一臉茫然，「陸寶寶你怎麼了？」

等等！它還有名字？

周喬內心崩潰，「陸、陸寶寶？」

陸悍驍看著七竅冒煙的機器人，可惜道：「這是我在國外訂製的，程式全按自己的喜好設定，我嘛，平日愛好喝個茶，抽個菸，所以它還會幫我點火柴。」

您的喜好？

可是……剛才它擼膀胱的動作，是不是有點過分了。

周喬默默地拿出書本，坐在一旁沉迷學習。

陸悍驍還在原地，祭奠了陸寶寶三秒，摸了摸它的臉蛋，「這是第十次拖回去修了，哥們，爭氣點！」

雞飛狗跳之後，陸悍驍也開始著手工作。

簽了幾份文件，他就分起心來，偷瞄一旁沙發上的周喬。

她好安靜，今天長髮披肩，側面的頭髮撩到耳後，半臉的輪廓挺而柔。

陸悍驍把文件舉得老高，擋住自己的正臉，然後調整間距，肆無忌憚地欣賞美少女。

欣賞了一陣子，他又輕輕拿起桌上的手機，對焦周喬「哢擦」一響，拍了個照。

手抖了，畫質有點糊，但不礙事。陸悍驍起了心思，把照片重新命名，叫什麼好呢？

他稍稍思索，靈光乍現，按下三個字——喬寶寶。

正所謂，今有「陸寶寶」冒煙修理，又有「喬寶寶」橫空出世。

陸悍驍猛笑，「哈哈哈哈。」

這笑聲驚動了周喬。她抬起頭，無語地望著他，大哥，您又作什麼了？

陸悍驍彎著嘴角，笑意滿眼，「小喬妹妹。」

「……」可不可以換個稱呼。

小陸總一臉真誠，「下個星期，我請妳看演唱會啊。」

周喬聯想起昨晚在他的動態上看到的，問他：「Fish 的演唱會？」

「妳怎麼知道？」陸悍驍心情激動，「我跟妳說，下週五晚上是她今年巡演的首站，我還弄了個贊助，搞了幾張貴賓票。」

周喬配合地點頭，「厲害、厲害。」

陸悍驍開始敘述他的心路歷程，「本來是想帶陳清禾那群畜生一起，去接受一下薰陶，洗滌他們體內的濁氣。但這群沒文化的，說那天要去打麻將，這些沒上進心的，我二叔看了想自殺。」

等等，周喬疑慮，「你二叔？」

「哦，我二叔是在教育部當官的。」陸悍驍想起還覺得痛心疾首，「要是抓文盲，陳清禾必須第一個吃牢飯！」

周喬憋著笑。

陸悍驍一看她笑了，趕緊安慰，「沒事，別掩著，大聲笑吧。畢竟哥帶妳去看演唱會這事，真的值得興奮。」

周喬：？？？

這個閱讀理解，值得深思。

「好了，妳快複習吧。」陸悍驍心情美滋滋，「中午我帶妳見識一下我公司的食堂，地中海式風格的裝潢。」

我靠，真是一棟魔幻大廈。

一上午，周喬安靜地看書，陸悍驍工作的樣子和他平日的畫風截然不一。閉起嘴來就是個大帥哥。

期間，祕書朵姐進來送文件，剛進門準備開口，就被陸悍驍抬手的姿勢打斷。

他沒說話，直接做了一個噓聲的動作。

這位修煉千年堪比人精的朵姐，一眼就看到坐在辦公室左側的周喬，心裡頓時明瞭。

她輕手輕腳走到桌前，遞去合約，壓著聲音彙報，「陸總，這是與廣貿的合約定稿。」

陸悍驍接過，「先別走，我直接給修改意見。」

五分鐘過去。

陸悍驍圈了幾處付款條例，依舊輕言細語地交待。

朵姐有點不適應，這個老總平日特別親近好相處，沒有階級統治那一套，走的是親民路線，他可以在等電梯的時候和保全大叔聊您家孫子上幾年級。

像今天這樣小心翼翼，有偶像包袱的時候，真的不太多。

搞完事情，朵姐準備退場。

「等等。」陸悍驍把人叫住，「妳來一下。」

「陸總，還有什麼吩咐？」

「過來。」陸悍驍兩手交疊在桌面，十根手指敲來敲去。

朵姐洗耳恭聽。

陸悍驍朝她勾了勾手指，一臉神祕，「有件事，妳傳達給各位同事。」

聽了個開頭，朵姐的表情開始迷離了。

「中午，讓他們列隊，在我辦公司門口站成兩排……」

朵姐：？？？

「妳想個口號，押韻一點，標點符號用驚嘆號，情緒足夠別敷衍。」

朵姐的表情開始山崩地裂。

「嗯，就是這件事，去做吧。」陸悍驍看了看時間，「我提前十分鐘出來。」

直到走出辦公室，朵姐還是一臉茫然。

上午的光陰溜得快，接近午飯時間。

陸悍驍把白色襯衫的衣擺從褲腰裡抽出來，然後起身伸了個懶腰，誇張地配音，「嗷。」

這聲音大得很故意，就想引起周喬的注意。

陸悍驍把手臂舉高高，拉筋似的露出他的公狗勁腰，聲音更大了，「嗷——嗷——」

周喬：「……」

陸悍驍笑眼走近，「上午複習了多少？有沒有很專心？來，陸老師檢閱一下效果。」

他二話不說，拿起周喬手中的課本，看了封面一眼，不錯，有覺悟，這書是李老頭編的，其困難指數放倒了成千上萬金融系的學生。

陸悍驍：「什麼叫機會成本？快，開始搶答！滴——誰的搶答器在響？好！是這位周同學，請開始您的表演！」

我的天。周喬不是很想跟您搭戲哎呦喂。

不到三秒的功夫，陸悍驍又開始幫自己加戲，「時間到！這位選手沒有回答出來，請問，中午是不是不想跟哥混食堂了？」

周喬忍不住笑出了聲，舉手投降，「我服氣。」

陸悍驍闔上書本還給她。不知怎麼的，就跟著了魔一樣，手搭上她的頭，輕輕地揉了揉。

「用腦一上午很辛苦，讓妳樂一樂，放放鬆。」這語氣自然的如同順理成章。

周喬卻僵住，被陸悍驍揉過的頭髮跟著了火似的，快要把她燒著了。

陸悍驍沒事人一樣，邊轉身邊說：「走吧，去吃飯。」

聲音很平，背對著周喬，他早就彎起了嘴角。

周喬跟上，陸悍驍的手搭在門把上，抓準時間心裡倒數：三、二、一。

「嘩啦」一聲，門被拉開，同時響起的還有群眾的齊聲呼喚——「陸！總！好！」

門口依次排開兩排員工，直到電梯口，他們站得整整齊齊，動作整齊劃一。幹練朵姐一個手勢如殺雞，大家得到號召，念起了口號——「炒股票，選陸寶，我們的陸總特別好！」

然後掌聲響起來，「啪啪啪！」

這陣仗，這聲勢，上市公司老總的標準配備。

陸悍驍喜歡死了，平日讓周喬看了太多笑話，男子漢形象太受損，必須要及時搶救。

不搞點事情，她都快忘記他陸悍驍可是個霸道總裁了。

「女孩，人都是不可貌相的。」陸悍驍得意，轉過頭去看周喬。

已經走到電梯裡，依舊驚魂未定的小喬妹妹，眼神複雜地看著他，「那個，陸哥，我們能商量一件事情嗎？」

「妳說。」

「下次，有情況，您能提前通知我一聲嗎？

陸悍驍興奮，「是不是被陣仗嚇住了？」

他緩了緩臉色，假裝愁眉，「我也沒辦法，這群員工啊，真的太尊敬我了，經常幫我作詩寫對聯，他們說，愛啊，就是要說出口。」

這做作的漠樣也只有您能想出來。

周喬沒直接拆穿，悶在心裡想一想，不行了，憋不住了，她「噗」的一聲。

陸悍驍斜了她一眼，「幹什麼？吐豌豆呢？」然後出電梯。

周喬望著他的背影，直而挺，經過窗戶的時候，有光打在他身上。周喬彎起嘴角，有句話她沒說，今天的心情——真的，比光還要亮。

出電梯這短短的距離，不斷有人與陸悍驍打招呼，畢恭畢敬地喊：「陸總。」

陸悍驍都是笑著回敬，沒有半點架子，偶爾有幾個部門主管敢打趣地問：「陸總，那位是您的……」

陸悍驍笑著瞥過來，沒說話。

周喬明顯感覺到自己在這一刻難以抑制的緊張。

「她啊，」陸悍驍音調懶懶，半真半假，「我們陸家的吉祥物。」

對方笑得闔不攏嘴，氣氛輕鬆自在。

不得不承認，陸悍驍看起來不可靠，其實在處理關係的時候十分得心應手。

「陸家的吉祥物」，周喬心裡默念這幾個字，又下意識地看了他一眼。覺得還是陸悍驍擔得起這個稱呼。

短暫的寒暄之後。

「給，吃吧。」陸悍驍幫她打了飯。

周喬奇怪，「你的呢？」

「用這個盤子裝我吃不飽，我都用盆。」陸悍驍沒停留，「等我一下。」

他幫自己打飯回來，手上那個大小堪比小臉盆的飯碗證明他沒有說謊。

「別被嚇著，男人的飯量大。」陸悍驍夾了個雞腿給她，「多吃點，讀書累人又燒腦。」

周喬把雞腿夾回去，「我有一個，你自己吃。」

「喲喲喲。」陸悍驍挑眉，「來自吉祥物的親切寵愛。」

「……」周喬無語，伸筷子，「那還回來。」

「想得美。」陸悍驍拿起雞腿往嘴裡塞，咬了一口之後遞給她，「好了好了，給給給。」

周喬笑著揮開，「誰要吃你的口水。」

陸悍驍不要臉，「喬喬吃。」

說完才頓住，這話是不是有點變態了。

兩個人陷入沉默。

陸悍驍清了清嗓子，「吃飯。」

然後下一秒，就展示了一遍，什麼叫做「實力飯桶」。一盆飯，被他幹得一乾二淨。

「嘭咚」一聲，陸悍驍放下碗筷，舔掉唇邊的兩粒大米飯，朝周喬笑得燦爛，「別看我吃得多，但妳放心，哥的腹肌還在。」

周喬噎住，咳個不停。

陸悍驍自我感覺良好地嘖了一聲，「看把妳激動的。」

吃完飯，兩人回辦公室。

周喬繼續看書，陸悍驍躺在他那張貴妃椅上，翹著二郎腿閉目養神。

「欸，妳喜歡什麼樣的男生啊？」

這突然的聊天，話題如此直白。

周喬「嗯」了一聲，打算敷衍過去。

「說說唄。」陸悍驍不達目的不甘休。

他的二郎腿都快翹上了天，周喬瞄了一眼，等等！

五趾襪？海綿寶寶圖案的五趾襪？霸道總裁還有這種操作？

「沒什麼特別喜歡的。」周喬輕聲說，「愛乾淨，穿衣風格正常點的就行。」

「正常點的？」陸悍驍眼珠直轉，「不錯，有品位，現在的小男生啊，破洞牛仔褲，還在裡面穿漁網襪，看著就鬧心。」

周喬覺得不太對，你平時的愛好不也是收藏這些非主流服飾嗎。

「這些搭配，聚會的時候穿穿就行了。」

「呃……」周喬抬起頭，「你平時跟朋友聚會，也這樣穿？」

「不不不。」陸悍驍說：「沒那麼浮誇，我啊，比較注重個人形象，畢竟五官出眾，氣質霸道，品味也過得去，所以，我跟哥們玩，什麼都不穿哈哈哈！」

「*&%￥#@！」

虧她認真聽了這麼久。

陸悍驍在貴妃椅上翻了面，調整了一下體位，側臥，打量著周喬。

回想一下剛才的對話，她喜歡穿衣風格正常點的男人。

陸悍驍挑眉，手往下移，不動聲色地脫掉了自己的海綿寶寶五趾襪。

這樣，夠正常了吧。

陸悍驍自以為的「正常」，周喬視而不見。他又翻了個面，背對著人，開始睡起午覺。

周喬背了幾個單字，再抬頭時陸悍驍已經睡著了。她打量一圈這間辦公室，整體品味過硬，就是這張貴妃椅。

呵，誰還不是小仙女呢。

一個小時後，陸悍驍醒了，睡眼惺忪，「妳沒休息？」

周喬「嗯」了一聲，「我沒睡午覺的習慣。」

陸悍驍打了個呵欠，盤腿坐在貴妃椅上，問她：「我睡覺的時候有沒有打鼾？」

「沒有。」周喬如實道。

陸悍驍一聽倍兒驕傲，拍著胸脯說：「長得帥的人，呼吸系統都健康一點。」

「……」

周喬安慰自己，習慣就好，習慣就好。

公司兩點上班，陸悍驍打了一下坐，提起精氣神下了床。「喝飲料嗎？我幫妳叫。」

「不用。」周喬看完最後一行字才抬起眼。

這一抬不得了，就看見陸悍驍光著腳丫子，踩在地板上，走得那叫一個風輕雲淡。而那雙海綿寶寶五趾襪，安靜地躺在貴妃椅上，寂靜的樣子怪邪惡的。

周喬忍不住問：「你不嫌地板髒嗎？」

「不算太髒，我辦公室通常不讓人進來，每天都有打掃。」陸悍驍胡編亂造地解釋，「真正的男人，敢於脫鞋量身高。裸高一八五，絕不謊報一八六。」

周喬敷衍地笑了笑。

陸悍驍坐回辦公桌，繼續處理公務，想起什麼，「哦」了一聲，說：「放心，我沒腳臭。」

「……」周喬簡直一言難盡。

陸悍驍開始沉迷工作，提醒道：「有不會做的題目，可以來問我。」然後又撥了內線，吩咐祕書：「朵姐，給我來杯可樂，別加冰。」

周喬倒吸一口冷氣，可樂？霸道總裁不都是喝紅酒和咖啡嗎？

朵姐深知老闆的習慣，飛快地送進一杯插著吸管的可樂。陸悍驍一邊看文件，一邊咬吸管，放嘴裡半天沒弄出來。

周喬心想，該不會還有咬吸管的童真習慣吧？真厲害啊。

下午的時光很平靜，室內只有紙張摩挲和翻書的聲音。

周喬偶爾會分神，瞥陸悍驍一眼，這個男人，正經起來的樣子還挺順眼。他好像酷愛白襯衫，也不知是什麼材質，筆挺貼服，襯得人寬肩窄臀很是幹練。

四點的太陽降了色調，從身後的百葉窗縫隙裡鑽空而入，和他的白襯衫相得益彰，又暖又明亮。

周喬心思起，在想，他多大了？聽齊阿姨說好像快三十歲？

憑良心，不太像，挺年輕的。

「再看我就要收費了啊。」陸悍驍突然開口，低頭看報表的動作沒有變。

周喬被逮到了，背脊瞬間一層雞皮疙瘩。

心虛啊。

陸悍驍賊得很：「在這裡分心還情有可原，畢竟帥哥難得一見。我挺能理解妳，讀書累了，看看賞心悅目的東西放鬆一下，勞逸結合值得表揚。」

周喬：？？？

「下次不用這麼含蓄，想看了，喊一聲，『陸悍驍，劈個腿給我瞧瞧』，我二話不說，撿起石頭砸斷自己的腿，擺成妳要的形狀。」陸悍驍越說越起勁，「笑，給我笑，憋著就是犯規。」

周喬忍了兩秒，好吧，投降。

陸悍驍一看她嘴角往上揚，心滿意足，「人嘛，就是要隨心一點，想笑就笑，不高興了就直說。」

周喬覺得挺有道理，點了點頭，「嗯。」

陸老師端起還剩半杯的可樂，咬著吸管一點點地吸，「別看我平時愛貧嘴，不太正經，關鍵時候，我比誰都可靠。妳跟我多接觸幾天，就會有更深的瞭解。」

周喬心想，不用了，這幾天已經夠全面了。

「正所謂，知人知面……我靠！」

話還沒說完，陸悍驍的手邪了門地一抖，半杯可樂一滴不浪費地潑到了他的襯衫上。

「我靠，這襯衫很貴！」陸悍驍跳起來，捏著布料直哆嗦。

周喬邊笑邊遞紙巾給他，「快擦擦。」

但很快，她就笑不動了。

陸悍驍胸口濕透，左邊還凸了個點，輪廓隱現。

「衛生紙呢，再抽幾張。」陸悍驍擦拭著胸口，見沒動靜，瞄了一眼，喲喲喲，臉紅了啊？

邪惡如本寶寶，陸悍驍很快就聯想到前因後果。

他挑眉，擦胸的動作變慢，一下又一下地上下自摸，「這個衣服特別貴，還有專門的衣櫃，我只穿過一次，參加爺爺的派對，偶爾用來開個會，帥氣逼人有智慧。」

「……」

您這麼能說，怎麼不去擺攤寫對聯呢。

陸悍驍故意挺了挺胸，除了腹肌，他的胸肌也是很棒的。

生怕周喬不知道似的，他還優雅地做起了擴胸運動，「唉，熱脹冷縮，潑了點涼東西，衣服好像變緊了呢，手都抬不上去，緊得很。」

兩個人靠得很近，他的動作幅度又大，壓迫感更加明顯。

周喬臉紅的情況愈發嚴重，她忍無可忍，一聲大喊，「那你趕快換衣服啊！」

陸悍驍：「……」

驚覺失言，周喬趕緊小聲解釋，「小心感冒。」

陸悍驍很輕鬆，「沒事，我有換洗的衣服。」

只見他彎腰，在櫃子裡找著什麼，拿出一個紙盒。

「這是上次陳清禾從國外帶回來的禮物，我還沒拆呢，說是時裝週的最新款。」陸悍驍沒抱太大希望，「對於他的品位，我一向是唾棄的。不過情況特殊，勉強穿一下吧。」

你哪來這麼多廢話。

禮物盒很精緻，拆掉外包裝，裡頭還綁了個蝴蝶結。

「我靠，陳清禾這畜生，有夠娘的。」裡三層外三層夠嚴實，陸悍驍從屜子裡抽出一把匕首。

周喬驚嘆，帶刀侍衛？角色扮演夠齊全的啊。

陸悍驍把刀刃放嘴邊吹了吹，在禮物盒上畫了個大叉叉，然後一扒，輕鬆拆開，把衣服拿出。

是一件黑色的T恤，折得整整齊齊。

陸悍驍拎起它，抖開，純黑的正面很正常，只是這背面……

竟然用龍飛鳳舞的狂草字體，寫了兩個碩大的字——土豪！

陸悍驍和周喬同時陷入沉默。

幾秒之後，他優雅地握著那把匕首，深情凝視：「寶貝，從此以後你就有使命了。陳清禾的狗命，可能還要麻煩你去取一下。」

狗：別他媽侮辱我。

周喬笑到不行，問：「這衣服你還穿嗎？」

不穿就沒衣服換了啊，總不能給全公司的人看自己的凸點奶頭吧。

陸悍驍煩死，「勉強穿穿。」

脫了白襯衫，穿上黑T恤，瞬間變土豪。

「妳還笑。」陸悍驍很生氣，「我以後不教妳寫作業了。」

周喬停不下來，牙齒跟珍珠貝殼似的。

陸悍驍看了一下，睹人思物心癢癢，晚飯有點想吃扇貝了。

周喬覺得但凡一個正常男人，穿著這麼一件衣服，都會覺得丟臉而不好意思。

但陸悍驍並沒有她想像中的扭捏。正常下班，昂首闊步地接受公司員工的注目禮，沒一點怯色。

開車，上馬路。

等等，不是說要去李教授家吃飯嗎？這是回家的路啊。

「我們是先回家拿東西？」周喬委婉地問。

「沒東西拿。」陸悍驍面色不改，「就回家。」

「那你早上讓我跟你來公司，說是去李教授……」

「我故意的。」

「……」

「一個人上班太無聊了。」陸悍驍突然不耐煩起來，敲著方向盤，「一個人無聊寂寞有錯嗎？我一個三十歲的男人，有錯嗎？」

嘖，還發起脾氣來了。

周喬實在理解不了他此刻的腦迴路，決定息事寧人。

行行行，你是土豪你有理。

回到公寓，齊阿姨不在家。

「你早上說晚上不回來吃飯，她肯定就沒做飯了，大概去跳廣場舞了。」周喬也就隨便一說。

哪知陸悍驍陰陽怪氣地來了句，「妳記恨我啊？」

周喬很無辜，「沒有啊，我來做飯吧，你想吃什麼？」

「畜生陳清禾，弄個紅燒吧。」

周喬嗤聲一笑，「喂。」

「把毛拔乾淨一點，我不喜歡毛多的。」

越來越胡扯，周喬自然而然地舉起拳頭，笑著要打他。

陸悍驍嗨呀一聲，「剪刀石頭布我就沒輸過！」

然後他直接攤開手掌，「妳出『石頭』我出『布』。」

周喬的拳頭軟綿綿地還在半空，陸悍驍的「布」直接撲了過來，一把包裹住她的手。還

他媽大聲喊：「我贏了！」

周喬的手被緊緊握著，掌心是燙的，力氣是足的。

陸悍驍似笑非笑，「妳這是什麼眼神啊？剪刀石頭布，輸了要認輸，千萬別憤怒，平常心請保持住，妳要理解哥的苦，畢竟陳清禾蠢呼呼。」

一串話下來，本來尷尬曖昧的氣氛，瞬間跑沒了影。

周喬任他握著，一時忘記掙扎，樂得不行。

陸悍驍眼神微變，半真半假地問：「一說把毛拔乾淨點，妳就開始生氣。」

「……」

他挑眉，「怎麼？妳喜歡毛多的？」

看他這副表情，就知道思想裡充滿濁氣。

周喬被那段順口溜逗得直笑，兩人的手在輕鬆的氣氛裡不著痕跡地鬆開了。

「我炒菜吧，齊阿姨存貨挺多的，你想吃什麼？」周喬問。

陸悍驍的手垂在腿側，食指和拇指輕輕撚了撚，還在感受方才的溫度。

他用平靜語氣藏住這一剎那的失衡，看著冰箱，說：「花椰菜、西洋芹，搞根胡蘿蔔，哦，再加點韭菜。今晚我想吃盆草。」

周喬按他吩咐，把食材一樣樣拿出來，「再煎幾個雞翅吧。」

畢竟是用臉盆吃飯的人，無肉不歡才對。

「雞翅好，雞翅妙，雞翅吃了長高高。」陸悍驍說完，自己率先哈哈哈。

周喬低頭擇菜葉，肩膀笑得直抖。

陸悍驍嘖了一聲，人斜斜地靠了過來，他左手撐著流理檯，右手摸著下巴，「愛要大聲說出來，崇拜之情別掩蓋，這位美少女，妳可真的很壞壞。」

周喬淡定不了，把菜葉一放，笑著罵：「夠了沒，再這樣就不做飯了！」

陸悍驍：「好了好了，不鬧了，我想讓妳樂一樂，說不定還能長高。」

「喂！」真是忍無可忍了，周喬拿起韭菜往他身上打。

陸悍驍趕緊抱住自己，收緊再收緊，誇張尖叫，「前有齊阿姨蹺班潛逃不做飯，現有大學生辣手鞭屍啊……對不起，編不下去了。」

周喬用韭菜更用力地抽他。

「還打呢？再動手我就不客氣了啊。」陸悍驍威脅起來。

既然起了個頭，自然是要打得痛快，好險這廚房沒有瓦斯罐，不然周喬反手就往他臉上丟。

抽你抽你抽你。

陸悍驍聞著韭菜香，一個蓄力反轉，抓著周喬的手腕定在半空。

周喬換另一隻手，操起案檯上的胡蘿蔔就往他頭上敲。

「我靠，我的髮型！」陸悍驍一個激動就要去搶蘿蔔，周喬是個機靈人，左藏右躲，就是不讓他得逞。

兩個人過招扭打，從廚房追到客廳。

陸悍驍：「年紀輕輕的女大學生，拿根蘿蔔成何體統。」

周喬不客氣地回擊：「一把年紀公司老總，欺負女生良心不痛？」

「嗨呀，作詩押韻妳最懂。」

「不不不，沒你懂。」

「小屁孩！」陸悍驍仗著手長腳長，使出一招鷹抓撈月，揪住周喬的後衣領輕輕用力，「看妳往哪跑！」

周喬被拉近，這時候的姿勢可以說是背對背的擁抱。只不過戰況持續，自動忽略性別。

周喬的手被陸悍驍從後面按住，幾乎是被他困在懷裡。上身已經失守，就只能靠下盤的力量了。

周喬抬起右腳，瞄準目標，蓄力往下狠狠一踩。

哪知陸悍驍就像腳板長了眼睛似的，「嘎嘣」一跳，輕鬆躲閃。

「哎呦嘿嘿嘿，踩不到妳踩不到。」

周喬又氣又想笑，掙扎得更厲害。

「今天不把妳綁起來，妳都不知道我的副業是賣繩子的！」陸悍驍氣勢洶洶，左手扣住她的兩隻手腕，右手按著她的背，周喬被壓得往下彎腰，臀部抵著陸悍驍的腿。

「認不認輸！」

正所謂，紅繩在手，周喬我有。陸悍驍此刻很得意，興奮得兩隻眼睛都冒光了。

周喬又急又煩，「你放開我，你放開啊。」

「叫我陸大帥，不然拿妳玩捆綁！」

「……」

拒絕違心主義。

兩個人僵持火熱，鬧得誰也沒有留意門口傳來的動靜。

鎖孔在十秒前清脆轉動，「唠噔」輕響——

「陸老爺子，就是這，您慢點。」齊阿姨又招呼身後的陸老太太，「大姐，小心腳下有塊軟墊。」

玄關處，三位老年團大寶貝們閃亮登場。

「這孩子總算辦點正事，知道為周喬打點關係。」陸老太太邊表揚邊往客廳走。

然後，在陸老爺子的一聲驚天爆吼「陸草包！」裡，五人順利大會師！

陸悍驍和周喬以一個十分曖昧的姿勢，齊齊轉頭大眼瞪老眼。

意不意外？驚不驚喜？刺不刺激？

「我靠！」陸悍驍腦袋串了一個短路的問號，然後飛快放開周喬，手忙腳亂地站起來。

「爺爺奶奶，來了怎麼也不打聲招呼，小的我也好下樓接駕。」

陸雲開不吃這一套，劈頭蓋臉罵下來，「多大的人了，還不正經！」

茫然的周喬緊張地摳著手指，臉都紅透了。

陸悍驍嬉皮笑臉地往前走了幾步，不動聲色地擋住周喬，「爺爺教訓的是，我明天就準備飛韓國，整個形，包您滿意。」

「胡鬧！」陸雲開小鬍子翹起來，看不慣孫子的油腔滑調，「我警告你，別看小喬乖巧聽話就隨便欺負她，你三十歲了，晚上就不能學學人家，看看書，寫寫作文，練練字嗎？」

陸悍驍：？？

周喬：？？？

等等，陸悍驍抗議，「我不服！」打架的又不是他一個。

「不服給我憋著！」陸雲開拿出老市長罵人時的態度，如雷轟頂。

嗨呀好生氣啊，陸悍驍蓄勢待發，嘴炮已經點火，他雙手插腰，底氣十足，聲音響亮——「憋著就憋著！」

周喬：「……」

「行了行了，別吵了，聲音一個比一個大，鄰居還以為我們在放鞭炮呢。」陸老太太輕聲和氣地出來打圓場，「悍驍啊，我和你爺爺在戰友家吃飯，打包了一隻燒雞，本來呢，是要拿回家餵狗的，但正好車子經過你社區，就想順便給你算了。」

「……」

我靠，奶奶，人間多點愛不好嗎？

周喬看著陸悍驍一臉吃癟，都快被他逗死了。

「走了走了。」陸雲開發話，「看到你就血壓飆高，東西送到，我們回去了。」

陸悍驍還沉浸在「活得不如狗」的悲傷情緒裡，強打起精神說：「爺爺奶奶，我送你們下樓。」

把老寶貝們送進電梯，陸悍驍揮手告別，然後轉過身準備離開。

在電梯門關閉的前一秒，陸老爺子看見了他衣服背面的「土豪」二字，瞬間怒目圓瞪——「輕浮！草包！給我抄十遍陸氏家訓！」

嘖嘖，這火力，電梯聽了想墜樓。

人一走，陸悍驍瞬間恢復成一枚吹著口哨的純情男人。手機響，是陳清禾來電。

「傻子，call 你偶像幹什麼呢？」陸悍驍接聽。

『提醒你時辰到了，找個就近的樓層跳了吧。』陳清禾嘴上功夫也是相當了得，『老地方，打牌三缺一，不來鬮雞雞。』

「鬮了也比你大。」陸悍驍懶得貧，這雞飛狗跳的一天，是該需要輕鬆一下了，「行吧，等我二十分鐘。」

打牌這種事，怎麼能不帶吉祥物呢。

「……周喬，開工了。」

第五章　陸總裁的女人們

五分鐘後，黑色 Land Rover 壓馬路。

周喬純屬被逼上車，因為陸悍驍實施了口頭威脅，「妳不跟我去，我晚上就把妳綁在床頭，讓妳見識一下什麼叫愛的中國結。」

多一事不如少一事，周喬已經被他折騰到實在沒力氣戰鬥了。腦力勞動總比體力耗費好，不就打個牌嗎。

到了地方，陳清禾叫他，「陸陸來了，牌桌給我支起來，山泉水給我倒起來。」

陸悍驍愛熱鬧，兩手一抬，「氣氛給我嗨起來！」

「喲，我妹也來啦。」陳清禾朝周喬打招呼，目光在陸悍驍和她之間來回轉。

「不要臉的東西。」陸悍驍煩他亂攀關係，「今晚你死定了。」

喲喲喲，護短小能手。

陳清禾擠眉弄眼，故意往周喬旁邊站，「喬喬我們加個好友唄，沒事我還能分享一些養生知識哦。」

「滾。」陸悍驍攔開他，「先管好自己別早洩吧。」

「我靠。」陳清禾一腳踹過來，「下次比一比，按碼錶。」

等的就是這句話！

陸悍驍呿了聲，瞬間化身三好學生，「誰跟你比啊，我女朋友都沒交過呢。」

說的同時他的眼睛往周喬那裡瞄，故意放大聲音，生怕她聽不見。

陳清禾比了個暫停的手勢，「等等，我先去洗手間吐一下。」

陸悍驍懶洋洋的，「今天打哪種牌？」

「我靠，你還會打哪種牌？」陳清禾出餿主意，「輸了的，別喝水了。」

「行啊。」陸悍驍說：「要不然改成拔腿毛？」

周喬震驚，腿毛？總裁輸牌拔腿毛？

但很快，陸悍驍改口，「不行，不能拔毛。」

陳清禾：「為什麼？」

陸悍驍不理他，而是側過頭，壞心眼地看著周喬，然後壓低聲音在她耳朵邊，「因為妳喜歡毛多的。」

「……」

「哎呀，還紅臉啦？」陸悍驍太壞了，說：「別不好意思，誰還沒有特殊嗜好呢。」

周喬有點急，脫口而出，「我不喜歡毛多的。」

陸悍驍他媽快樂死了，強忍歡笑，點點頭正經道：「那好吧，回家我就把腋毛、腳毛都刮了。」

emmm……真的忍不住了。

周喬哭笑不得地握起拳頭，很想打他。

陸悍驍卻先她一步，猛地伸出手，往自己臉上「啪」的一下，虛飄飄地打了一巴掌。

然後他馬上捂著臉，食指對著周喬直發抖，「嗚嗚，喬喬妳打我，超痛的。」

「……」周喬總算知道什麼是有脾氣無處發了。

陸悍驍繼續演，皺眉癟嘴，跟要哭了一樣，「臉痛手痛心也痛，我的傷口妳不懂，等一下它就要化膿，妳還站在那不動，怎麼不來哄一哄。」

周喬笑到不行。陸悍驍的本事就是能夠掌控全場，再糟糕的開頭，他也能輕鬆自然地圓回來。

「好了好了，調劑一下氣氛，打牌吧。」陸悍驍恢復正常，轉身往牌桌走。

周喬鬆了氣，剛要邁步。

陸悍驍突然轉過身，眼神很認真，「臉真的好痛哦，妳確定不來抱一抱？」

「……」周喬伸手呼開他的臉，「你走啦，好好看路行不行。」

陸悍驍眉眼斜飛，笑意滿滿，「妳說行，我就行，走起路來不再停。」

周喬笑了出來，不想再跟他待一起，便去了洗手間。

牌桌上，目睹全程的陳清禾嘆為觀止，邊發牌邊說，「我發現你這不要臉的技術，又上一層樓了啊。」

沒女人在，陸悍驍才點了根菸，放嘴裡叼著，吞雲吐霧地說：「你閉嘴，比什麼都強。」

「不是，哥們，這周喬真的是你親戚家的女兒？」

「嗯。」陸悍驍惜字如金，頓了一下，抬起頭，警惕極了，「問這麼多幹什麼？」

陳清禾故意激他：「挺漂亮的，做個好事，給我她的聊天帳號唄。」

「加你好友幹什麼？」陸悍驍問：「看美羊羊直播洗澡嗎？」

陳清禾嗤聲，「你剛才那個打巴掌的表演，真的是相當有水準，哎呀，驍兒，你真的要反思一下自己了。」

陸悍驍不以為意，彈了彈菸灰，「我有什麼好反思的，呵。」

然後他挑眉——「我憑本事撒嬌，你管得著嗎？」

陳清禾意味深長地看了陸悍驍一眼，「喲呵，嬌氣寶寶能耐了啊。」

陸悍驍瞥他一眼，「玩笑歸玩笑，有話我也放這了，加好友什麼的，你就別想了，我不可能給你。」

陳清禾一聽來了勁，「為什麼啊，我們多少年的兄弟了。」

「再多年都不行。」陸悍驍把菸拿下，夾在手指間，「你這德性我知道，五湖四海都是你妹妹。周喬就免了，這女孩是陸老爺子託付在我這的，要考研究所，不能分心。」

「我靠，那你還帶人來打牌？」這也太雙標了吧。

陸悍驍敲了敲桌子，「勞逸結合你懂個屁，別跟我爭論教育問題，我二叔是教育部的，你有嗎？我能教她做作業，你行嗎？」

「我就說一句，你別跟打報告一樣。」陳清禾摸著下巴，玩味道：「驍兒，你就沒想法？」

「我要有什麼想法？」

「我問了賀燃，他說這女孩不是你的親戚。」

「他怎麼什麼都跟你說？」陸悍驍嫌棄極了，「不要臉的都聚在一起了。」

「你以前從不帶女人出來，這兩次都帶了周喬。」陳清禾敲了敲桌面，「給我一根菸。」

陸悍驍把菸盒收得更遠，「別抽了，菸味薰得很。」

算算時間，周喬也該回來了。

他把還剩一半的菸身掐熄，又走去把窗戶打開散味。

「你別亂八卦，有事自然會告訴你，周喬挺好，安靜不鬧事，還能跟我即興對對聯，我和她都是文化人，交流起來特別舒服。」

陳清禾是瞭解他的，越胡扯，就越是有事情。

陸悍驍「嘖」了一聲，「你這笑而不語的眼神，好像發情的豬。」

「也不知道是誰，發了情還不承認。」陳清禾理了理牌，「誰做莊家啊？」

黑桃三在陸悍驍手裡，但他一直分神。心想，說我發情？

呵，太瞧不起人了。老子發起情來，讓世界害怕。

有人敲門，是服務生送東西進來，「您好，需要的朝天椒已經準備好了。」

陸悍驍皺眉，什麼東西？

「我叫的。」陳清禾指著一旁，「放那吧。」

辣味瞬間漂浮於空氣裡，聞著就讓人流口水。

「老是喝水沒意思，今晚就吃辣椒吧，輸一局，吃一個，上不封頂怎麼樣？」

陸悍驍風輕雲淡，「你們隨意就好。」

反正我有吉祥物，從此以後不識「輸」。

但機關算盡，卻沒料到周喬許久未歸，傳了訊息告訴他，自己去樓下透透風，晚點上來。

於是……

「哈哈哈，你又輸了！」陳清禾指著朝天椒，「吃，給我吃！」

陸悍驍把牌丟桌上，罵了一聲，「靠。」

上一盤那個辣味剛剛壓下去，又要開始了。

他沮喪地深呼吸，拿起筷子，心煩道：「陳清禾你這個畜生，也不讓廚房炒一盤個頭小點的。」

陸悍驍夾起一個，閉緊眼睛，張大嘴巴，用盡全身毅力咬下去。

爽啊，熱啊，靠啊，他都快被辣硬了。

十五分鐘後，周喬推開包廂門，一聞味道，嗯？誰家在做辣椒炒肉？

然後就聽見陸悍驍的聲音，「贏了！老子贏了！陳清禾，你死定了！」

周喬揉了揉眼睛，「我的天。」

如果辣椒會說話，它說的一定是，放過我好不好。

只見陳清禾收腹提臀，蹲起馬步，剛想來聲狂吼。

「去你的。」陸悍驍伸手往他嘴裡一塞，直接把辣椒丟進去。「吃個辣椒戲還這麼多。」

然後陳清禾「哈撕——哈撕——」地喘氣，邊喘邊對嘴裡搧風，「洗牌，再來。」

接觸了這麼久，周喬已經習慣他們的畫風。

她有點不放心地看了看陸悍驍，倒吸一口氣，天！嘴唇怎麼腫成小香腸了！

眼裡好像還有未乾的淚水，這受傷程度，比陳清禾嚴重多了。

陸悍驍辣得鼻涕眼淚一把抓，邊抓牌邊說：「我、我的手氣來、來了，你們，你……」

「給我。」周喬直接搶走他的牌，打斷說：「這局我幫你。」

陸悍驍側頭：！！

然後一臉癡漢，「妳回來了。」

人間有真情的感覺瞬間如潮水將他包裹，有人撐腰的感覺，爽翻。

陸悍驍指著對手，「你們欺負我陸家沒人啊！喬，快，幹翻他們！廚師，再炒一盤朝天椒。」

周喬嫌棄地做了個噓聲的動作，陸悍驍立刻乖巧地閉了嘴。「嗯嗯，妳說的我都聽。」

全桌人：「……」

接下來的對戰，周喬一如既往地保持了高水準，並且沒有給對手留半點面子，牌風凌厲，直接快刀斬亂麻。

陳清禾看得樂趣橫生，意有所指地瞄了陸悍驍一眼，示意他看手機。

兩分鐘前，陳清禾傳來一則訊息——

『驍兒，看出來了沒，你家妹妹在幫你報仇呢。』

「傻子。」陸悍驍嗤聲不屑，面相很淡定，但後來假裝不經意，看了十幾遍那則訊息，美滋滋地想，今晚一盤辣椒，吃的太值了。

十點鐘，散場回家。

陸悍驍搬了一箱王老吉放車裡，邊開車邊喝，一路灌了六瓶。

「別擔心我，不是第一次玩了，喝點涼茶壓一壓火氣就行。」陸悍驍說：「我皮膚特別好，第二天不長痘。」

周喬聽後笑了笑，「不長痘是因為過了青春期，就算要長，也是老年斑吧。」

陸悍驍作勢要敲她的頭，「這麼能說，給妳一副快板好不好？」

周喬還真挺認真地想了想，抬起頭看著他，「街頭賣藝行是行，但還少了一隻猴，不然你跟我一起？」

陸悍驍笑出了聲音，配合道：「主人，需要我為您跳一支愛的迪斯可嗎？」

「需要。」周喬表情深沉，「就用那個〈茉莉花〉的音樂吧。」

提及熟悉的茉莉花，就想起那招大鵬展翅，兩個人終於放聲大笑。

陸悍驍邊笑邊說：「我皮膚真的好，不信妳摸摸。」

他把臉湊過來，周喬用手去推，掌心貼著他的右臉，「不開玩笑了。」

她的掌心溫熱細膩，陸悍驍下意識蹭了蹭。周喬一愣，趕緊把手收回，別開眼睛看窗外。

陸悍驍勾嘴，伸出舌尖，舔了舔自己的「小肉腸」，然後吹起了口哨。

回到家，齊阿姨已經睡了，桌上留了兩碗綠豆粥給他們當宵夜。

「你都喝了吧，吃那麼多辣椒，挺上火的。」周喬好心。

陸悍驍覺得自己的體香都變成辣味了，也沒拒絕，端起來兩下喝光，吃完後抹抹嘴，「妳早點休息。」

周喬點點頭，指著冰箱，「你要不用冰塊敷敷嘴？能消腫。」

陸悍驍挑眉，突然朝她走來，「這位美少女，我忍不住想要表揚妳。」

他伸出拇指，往周喬額頭上輕輕一按，「恭喜妳，獲得全球絕版的一個讚。」

做完壞事就跑。

周喬一個人站在原地，她抬手，摸了摸剛才陸悍驍碰過的地方，熱得好像要燙出一顆美人痣來。

俗話說，做什麼事都別做壞事，遲早有回報。

小陸總的回報來得特別及時——半夜三點，他因腹痛難忍，被送進了醫院。

市立第一醫院，急診。

齊阿姨和周喬守在病房，病床名牌上五個大字：急性腸胃炎。

值班醫生是個年輕人，過來問情況，齊阿姨代為回答。

「姓名。」

「陸悍驍。」

「年齡？」

「二十九。」

剛說完，床上打點滴的人虛弱地開口，「二十八……歲半。」

齊阿姨「哦哦」直點頭，「冬天生的，是沒滿二十九。」

醫生的眼睛瞬間睜大了兩圈，這位病人，活得很精細嘛。

「這兩天有沒有吃生冷食物？」

齊阿姨倍兒自豪，「我做飯時的飯菜搭配，是找不出一絲紕漏的，心肝脾肺腎，樣樣能補到。」

醫生剛準備繼續。

「他晚上吃了朝天椒。」一旁的周喬突然輕聲說。

「朝天椒？」醫生滿頭問號。

「嗯。」周喬：「打牌時吃的。」

看醫生凝重的表情，可能是想建議陸悍驍去看看神經科。

問完之後，齊阿姨跟醫生出去拿藥繳費。

周喬走到床邊，看著這位脆弱的男孩，哭笑不得地問：「好些了嗎？」

陸悍驍搖腦袋，「哪裡都疼。」

周喬彎下腰，有點緊張地觀察他的臉色，「哪裡疼？我去叫醫生。」

「周喬。」陸悍驍喊住她，「我心裡好不舒服哦，妳來幫我看看。」

「我不會看啊。」周喬停住腳步。

陸悍驍癟嘴，可憐兮兮地看著她，「醫生很累了，白大褂也髒了，他做夢都想下班了，妳考慮過這些嗎？沒有，妳想的只有妳自己。」

周喬笑著走回來，「好好好，你生病你最大，你說什麼我都聽。行不行？」

陸悍驍「嗯」了一聲，「那妳先幫我吹吹。」

周喬：「吹哪？」

陸悍驍哼哼唧唧，「嘴巴。」

「……」

「我嘴唇太腫了，等等被熟人看見，還以為我們做了什麼壞事呢。」

周喬趕緊撇清，「是你，不是我們。」

陸悍驍裝失望，「成全一次我的自作多情好不好？」

簡直了，周喬幫他掖了掖被子，笑罵，「生個病還這麼能貧。」

陸悍驍：「我不貧，我富得很。」

打了點滴，胃疼的症狀有所緩解，陸悍驍對周喬說：「我的手機呢？幫我打個電話。」

撥通陳清禾的電話，周喬開了擴音。

『我靠，驍兒，我們已經在路上了，你可千萬別蹬腿，等我來了，簽了財產轉讓聲明後，你想怎麼蹬腿，就怎麼蹬！』

「臭不要臉的。」陸悍驍聲音虛弱，「你到哪了？」

『快到警政署了，陸署長可能還在加班呢，需不需要我上去彙報一下他的寶貝兒子龍體抱恙？』

「死開。」陸悍驍沒力氣和他扯淡，說正事：「你等等，帶幾個女人上來給我，我嘴饞了。」

一聽這話，周喬揪緊了衣服，一群女人？就算男女關係好，也不用在生病的時候這麼飢渴吧。

周喬心裡有些不是滋味，後面陸悍驍再說什麼，她也沒怎麼聽清楚。

半小時後。

陳清禾「哐噹」一聲破門而入，「人呢，讓我見識一下，吃辣椒被送進醫院的人長什麼樣！」

陸悍驍閉眼養神，高冷不理。

周喬起身相迎，「陳哥。」

「喬妹妹好。」陳清禾笑臉打完招呼，一樣樣拿出手裡的東西，「驍兒，你交待的，我一個不落。」

周喬順著看過去，等等，這是什麼東西？老乾媽？

想到陸悍驍的話——給我帶幾個女人上來，我嘴饞了！

「……」

周喬看著那三瓶老乾媽辣椒醬，這話好像也沒毛病。

作為竹馬，陳清禾與陸悍驍之間，有太多默契詞句。

就在周喬經神錯亂的時候——

「給。」陳清禾遞來一杯飲料，「驍兒讓我買給妳的，還特地囑咐要熱的。」

周喬一愣，接過飲料，溫熱的觸感順著指尖一路蔓延。她抬起頭，往病床上看去。

陸悍驍嘴角微彎，「真想謝我，來點實際的。」

「……」

他用沒打針的右手，指著自己吃辣椒吃到腫脹的嘴唇，吊兒郎當地說：「過來，幫哥吹一吹。」

流氓人說流氓話，陸悍驍的臉真大，無辜眼睛望著她，模樣實在很欠打。

陳清禾已經擼起袖子，受不了了，「我來我來，把嘴巴給我撅高點。」

他作勢撲過來，陸悍驍趕忙咬緊牙關，「滾。」

「吹完就滾。」陳清禾笑咪咪，「下面，我給大家表演一個大風車。」

周喬捧著飲料，站在原地看他們嗆聲。她眼裡有笑、有光、有溫柔。陸悍驍甚至有一剎那的錯覺，如果陳清禾沒有打斷，周喬可能真的會過來吹吹他嘴唇。

這個想法一竄出，腦子就跟電線搭錯短了路似的，「轟」的一聲炸出了一朵茉莉花。想像一下畫面，陸悍驍渾身都緊了，只想感嘆一句，媽的，刺激。

陳清禾望著點滴上的藥名，驚訝極了，「我靠，竟然用上了這種名貴藥材？放在古代，這可是救命用的活菩薩啊！」

陸悍驍冷聲一笑，「葡萄糖怎麼了？要給它扣個這麼大的帽子？」

陳清禾哈哈哈，突然想到，「驍兒你都成這樣了，還讓我買老乾媽，怎麼，是不是想自殺？」

「說好活到九十九，你不先死我不走。」陸悍驍說：「齊阿姨說明天早上做麵條，她肯定不會放辣椒，我先備著，明天偷偷放。」

「原來如此。」陳清禾點頭，「妙啊。」

「不許吃。」周喬突然發聲。

陸悍驍不以為意，「知道鋼鐵是怎麼煉成的嗎？」他拍了拍胸脯，「我這身體就是答案。到了清晨六點，我能跳迪斯可。」

「你是急性腸胃炎，懂不懂事啊！」周喬語氣提高，眉眼裡有了韌勁。

喲呵，陸悍驍似笑非笑，「妳管我啊？」

下一秒，他態度突變，凶巴巴地頂了句，「是不是忘記哥的副業了？賞妳一個純陸氏．捆綁．愛心牌中國結。」

周喬走過去，二話不說把三瓶老乾媽收起來。

陳清禾「喲嘿喲嘿」地叫喚，「欺負小女孩，驍兒你厲害。」

陸悍驍：「幹什麼，別碰我的女人們。」

周喬充耳不聞，把它們放進櫃子裡，「醫生說你要飲食清淡，不能吃辛辣食物，不然下次就等著胃穿孔吧。」

陸悍驍臉一偏，擺明了我不聽我不聽。

周喬說：「凌晨半夜，齊阿姨歲數那麼大了，你還讓她操心，平心而論，這樣合適嗎？」

陳清禾接話，「不合適，簡直千刀萬剮。」

陸悍驍一聽心煩，凶他，「你這麼有能耐，這個點滴讓給你啊！」

然後繼續凶神惡煞地看向周喬，兩腮鼓動，怒氣直沖即將爆發。陳清禾甚至捂住了耳朵，沒想到——

陸悍驍卻突然軟了音，乖巧地對周喬說：「好啦好啦，我聽妳的話。」

「我靠，娘出天際了。」陳清禾目瞪口呆，心生感嘆。

周喬也是一臉無奈，表情哭笑不得。

忙完，陳清禾把齊阿姨送回家休息，病房裡留周喬看護。陸悍驍打完點滴拔了針，對周喬說：「妳睡一下吧，有事我不叫妳。」

「嗯？你不叫我？」

「對。再疼我也忍著，胃穿孔了我也受著，四肢癱瘓了我也絕不吭聲。」陸悍驍說：「守護美少女的睡眠品質，長得帥的人責任最重大。」

周喬樂到不行，終於把心裡話問了出來：「哥哥你多大啊？」一點也不像三十歲。

陸悍驍一愣，竟然沉默了。

太不好意思回答了，嘻，其實還挺大的。

周喬見他不說話，也就沒再聊天，折騰了一個晚上挺累人，她和衣而睡，背對著陸悍驍。

「轉過來。」有人不開心了。

周喬垂著眼皮，「嗯？」

「別用背對著我。」陸悍驍說：「萬一我有情況，叫不醒妳怎麼辦？」

「……」這個理由真是……好吧。

周喬遂了他的意，側臥著，正臉對著他。

沒多久，她便睡著了。

病房裡的大燈關了，留著一盞床頭燈，光亮把周喬的臉圈出淡淡的暖色，陸悍驍手枕著臉，肆無忌憚地打量她。

想著這不長的時間裡，發生的一連串逗趣的事，陸悍驍忍不住彎了嘴角。

他伸出右手，食指和拇指合在一起，比了個圓圈。然後對著周喬的方向移近移遠，直到將她的臉完全嵌進手指圈裡。

陸悍驍心思動了動，指頭尖微微收縮，合成了一個「心」的形狀。

他眉梢翹，輕聲笑道：「Hello，小跟屁蟲。」

第六章　總裁的叫聲是駕駕駕！

第二天是週六。

陳清禾那個大嘴巴把陸悍驍住院的消息上傳動態，於是，陸寶寶公司的員工都知道他們的老闆得了急性腸胃炎。

早上九點，在祕書朵姐的安排下，六七個員工代表前來探望。朵姐打頭陣，在門口長手一呼喚，病房瞬間被占滿。

「陸總，您一定要注意身體啊。」

「公司沒了您可不行，就像一艘巨輪沒了真皮方向盤。」

「明天發季度獎金，一聽您病了，財務部都沒心思轉帳了。」

周喬幫大家倒水，隱隱忍笑。

朵姐把大袋小袋放在桌子上，「陸總，這是大夥的心意，都說牛奶上火，我們就買了羊奶給您，還有這個鈣片，我爸媽都在吃，特別好吸收，藥店有活動，買一送一很划算。哦，這個不二家的棒棒糖，量販版，什麼口味都有，心情不好的時候吃一根，暖暖的，很貼心。」

陸悍驍：「……」

他真誠地豎起大拇指，「朵姐，回去我幫妳加薪。妳的眼光太毒辣了。」

一名員工問：「陸總，您是怎麼進醫院的？」

陸悍驍犀利地掃了提問人一眼，很好，你成功地引起了本總裁的注意。

另一道聲音歡欣雀躍，「看，病床牌子上寫著呢，朝天椒食用過呃……量。」

全場的人：「……」

陸悍驍的臉色跟被單的顏色一樣白，深深地記住了此人，喲嘿，這麼能說會道，那就只有獎勵你薪水全扣了。

周喬都快被憋出毛病了，出來打圓場，「朵姐，你們吃水果嗎？」

不用去看身後陸悍驍的表情，想想也是挺尷尬的，畢竟一個上市公司的老總，不要面子的啊？

但，陸悍驍還真的不要面子了。

「小趙說得對，我就是吃辣椒吃進了醫院。」他嬉色笑臉，鎮定自如，化解尷尬的最好辦法，就是自黑！

「昨晚上我打牌，打得那叫一個氣勢恢宏，輸的吃辣椒，還是印度進口的。」

此話一出，朵姐的下巴都脫臼了。

陸悍驍眉飛色舞，「你們都是老員工，應該特別瞭解我的心地善良。我的對手都是小辣雞，半小時連輸十幾局，對了，昨晚的朝天椒個頭肥美，油鹽適度，外皮脆脆的，咬一口下去，靈魂都要顫抖了。」

「……」

陸總，您能別偏題嗎？

陸悍驍兩手舉在半空，壓了壓示意大家耐心點，「對手輸得多，但規則立在那，也不能耍無賴。唉，也怪我大意，一心軟就去幫他們吃辣椒，忘記這幾天我身體特殊，就被送進醫院了。」

靜默幾秒。

朵姐畢竟是混過江湖的，帶頭鼓起了掌，「陸總，您太厲害了。」

後面的員工如夢初醒，也接二連三地拍起了手，「人間有真情，人間有真愛，陸總，您真是集大愛於一身啊！」

朵姐幹練凌厲，「宣傳部的在不在？」

「在，在的。」一個女生舉起手。

「馬上寫篇通稿，把陸總這事報導一下，上傳集團內網，加急。」朵姐吩咐。

「不不不，不用了。」陸悍驍一聽，著急道，「做好事不留名，就別占用內網版面了。」

朵姐得令，時間不早了，於是告辭，「那陸總，我們就不打擾您休息了。」

陸悍驍含蓄地點了個頭，「辛苦你們了。」

「陸總，記得喝羊奶，還有棒棒糖，開車累了來一個，心情壞了也來一個，想不通了再來一個，人生啊，沒有什麼是一根棒棒糖不能解決的。」

陸悍驍：「……」

喲呵，這位財務部的老嚴，您這麼能說，高中作文多少分啊？

送走大部隊，周喬回病房，關上門一頓猛笑。

陸悍驍翹著二郎腿，躺床上抖動著自己的五根腳趾，「笑夠了，就幫哥倒杯水，說了大半天，渴死我了。」

周喬起身走過來，邊倒水邊問：「你在公司開會也是這個樣子嗎？」

「差不多吧。」陸悍驍張嘴，「餵我。」

「……」周喬不情不願地把水杯送到他唇邊，陸悍驍低頭喝了半天，皺眉問：「這什麼水啊？」

「怎麼了？」陸大爺，你又哪裡不滿意了？

「這也太甜了吧！」陸悍驍突然變臉，朝她笑得那叫一個陽光明媚。

周喬低頭抿嘴，什麼人啊，跟孩子似的。

這時，她的手機響，來了電話。

陸悍驍隨意瞄了一眼，等等。

來電人：傅澤零。

這個名字，很Man啊。

周喬的表情也是吃驚的，驚訝中還帶著一絲欣喜。她把水杯放桌上，接通電話，邊笑邊往外走，「嗨，學長。」

陸悍驍看著那杯被拋棄的水，心裡一團無名火冒了出來，「周喬，我的水還沒喝完呢！」窈窕背影沒為他轉身，周喬一路笑，一路說，打開門走去了走廊。

門被關上。

「我靠！妳要渴死我啊！」陸悍驍驚天暴怒，掀開被子跳下床，「周喬、周喬！」他緊追而去，看著站在窗戶旁談笑風生的女人，媽的，礙眼。

陸悍驍在原地站了十秒，周喬根本沒注意到他。

天啊，太受傷了。

陸悍驍很快從「打入冷宮」的悲慘情緒裡振作起來，他眼珠一轉，捂住自己的肚子，「哎呦哎呦」地叫喚起來。

一聲比一聲大，「疼啊，好疼啊，我的腹肌，哦不是，我的肚子好疼啊！」

周喬還沒回頭呢，倒先把醫生吸引了過來，「這位病友，出什麼事了？」

陸悍驍一記眼神橫掃過去，低聲警告，「誰要跟你當朋友，走開。」

人走後，他又進入角色，這次升級為咆哮狀了，「疼死老子了！」

打電話的周喬終於回眸。一看嚇一跳，她掛斷電話，加快腳步跑了過來，「陸悍驍，你怎麼了？」

硬邦邦的四個字，「我要死了。」

周喬擰眉，「那我去叫醫生，我先扶你去床上，你搭著我的肩膀，慢點。」

陸悍驍也不客氣，把自己一半的重量都賴在她身上。然後哼哼唧唧地嚷，「妳丟下我不管，水也不給我喝，我摔倒了妳也不扶，我的痛呼妳也不聽，妳這是謀殺，必須要好好反思一下自己了。」

周喬：「……」

走了幾步，男人的身體實在是太重了，她忍不住提醒，「欸，你的腿用點力。」

「瘸了。」

「那你的手別環這麼緊，我喘不過氣了。」

「神經萎縮了，鬆不了。」

「……」

周喬吃力極了，邊扶邊說，「那我讓齊阿姨過來吧。我等等有點事，要出去一下。」

陸悍驍一聽，瞬間四肢健全，站得筆直，「去哪？見誰？」

「呃。」周喬望著起死回生的陸悍驍，愣了半天，說：「我一個學長。」

「走吧。」陸悍驍率先往外，「我有車，我送妳。」

「不用不用。」周喬趕緊追上去，「你還生著病呢，我搭車去就行。」

「呵。」陸悍驍轉過頭，表情正經嚴肅，「計程車比我行？我可是黑色 Land Rover，進口貨。」

說完，他一溜煙地鑽進電梯，那速度之快，好像生怕周喬不讓他去似的。

嘖嘖嘖，有病。

坐電梯到停車場。

朵姐來時，就按著陸悍驍的吩咐，開了一輛車過來給他備用，沒想到還真的派上用場了。

周喬看著這輛車，心想，真是一個車迷呢。

陸悍驍拍了拍車蓋，「結實，可以和坦克幹一架。」

他坐上駕駛座，又拍了拍椅墊，「真皮的，純手工縫製，三千個老手藝人，一人一針不重複。」

周喬看他還能說出什麼花來。

陸悍驍指著方向盤，「超級靈活，快得飛起。怎麼樣，比計程車強吧？」

周喬撓了撓鼻尖，挺擔心地問：「你的身體受得住嗎？要不然還是算了吧。」

「妳以為我點滴白打的啊？」陸悍驍皺眉，「把安全帶扣上，地址給我。」

周喬憂心忡忡，還沒開口，他就一腳油門轟了出去。

車上大路，去一家咖啡館。

「喲呵，妳這學長挺有情調啊，還會喝咖啡，洋氣。」陸悍驍裝得風輕雲淡，「多大啦？」

「比我大兩屆，他就在復大讀研究所。」周喬說。

「復大？」陸悍驍摳緊方向盤，「那你們以後還是同學，不錯，妳也很快要變成洋氣妹了。」

「……」周喬轉過頭，「你今天怎麼了？」說話跟仙人掌似的。

陸悍驍揚起下巴，「病了。」

「病了你還送我？」

「病重了。」

周喬哭笑不得，「喂。」

陸悍驍還穿著昨晚進醫院時的休閒裝，純白T恤，頭髮沒噴髮膠凹造型，柔柔軟軟地搭下來，氣質跟加了柔光一樣，比西裝革履時要恣意。

到達目的地，周喬先下車，陸悍驍抓都抓不住——

「我靠，說好的關愛老年人呢？」他扒下後照鏡，對著鏡子飛快地理了理頭髮，暗自嘮叨，「都怪時間太趕，不然就換那件破洞牛仔褲出來，顯年輕。」

周喬見車門推開，吃驚地問：「你幹什麼？」

「進去喝咖啡啊。」陸悍驍說：「我人都來了，幹什麼？還要趕我走？」

「不，不是。」周喬有點茫然，「你還生著病呢。」

「呵呵，這時候知道我是病人了？要我送妳的時候，怎麼沒想起來呢。」

我的天，這人不要臉的程度可以說是山崩地裂了。

周喬趕緊追上去，「陸哥、陸哥。」

背影如風，腳步生猛，就不為妳轉身。

周喬急了，喊道：「陸悍驍！」

大名都用上了，那就為妳回一次眸吧。

陸悍驍不太高興，停下腳步，「我喝個咖啡怎麼了？自己掏錢行不行？周喬，我發現妳很有問題啊，見學長？我看這位學長挺不安全的。」

周喬安靜地聽他說完，然後低下頭，抿唇輕輕笑了。

「……」

什麼情況，猜中了？真的有不正當的男女關係？

這個定論剛起了個頭，陸悍驍覺得自己快要窒息了。

周喬抬起眼睛，忍著笑，「我剛剛想說的是，咖啡就別喝了，傷胃。我請你喝白開水好不好？」

窒息的感覺瞬間通暢了。

陸悍驍望著周喬略顯歡快的背影，得意地比了一個耶——

「一杯哪夠，我要喝兩杯。」

這家咖啡館CP值高，消費不算很貴，陸悍驍沒來過。他瞄了一圈裝潢，心想，呵，肯定沒我有錢。

「周喬。」一道男聲從右邊傳來。

「嗨。」周喬招手，一臉笑地迎上去。

陸悍驍揚起下巴，打量著這位不安全的學長，就沖著他也穿了件和自己一樣的白色同款T恤，就天殺的不能被原諒。

身高目測一八零，沒我高。五官嘛，眼睛太大了，沒意思。雖然也有肱二頭肌，但看起來就沒我的硬，喲喲喲，還做了髮型呢，我今天沒有噴髮膠，不然頭髮立得肯定比你高。呵，還穿了一雙小白鞋，gay 裡 gay 氣的。

陸悍驍的內心戲相當豐富，表情極其不友好。

「這位是傅澤零，我大學時候的學長。」周喬禮貌地做介紹，「這位是……」

陸悍驍豎起耳朵，敢說是妳叔叔就死定了。

柔軟的聲音吐字清晰，「我的哥哥，姓陸。」

從她嘴裡說出哥哥兩個字，怎麼這麼好聽呢。陸悍驍心裡都快美死了，於是主動伸出手，「你好。」

傅澤零雙手握住，頷首示意，「陸哥好。」

「你們聊你們的，隨意。」陸悍驍落座，懶懶地靠著周喬。

「這裡的藍山咖啡是招牌，我擅自幫你們點了，需要別的再加，千萬別客氣。」傅澤零氣質乾淨，聲音也好聽。

服務生把咖啡端上來，周喬說：「謝謝，麻煩你給我一杯溫水。」

陸悍驍聽得心裡一軟，這還差不多。

接下來的聊天話題，沒他什麼事了。

傅澤零和周喬大學在同一所學校，兩人是同鄉，所以平時接觸得也不少。這小子家庭條件還不錯，一身行頭看起來簡單，但都是陸悍驍能叫得出來的牌子。

「後來啊，籃球隊的就和田徑隊的杠上了，去宵夜攤比賽吹啤酒。」

周喬聽得入迷，「啊，他們隊長好像特別能喝，田徑隊被放倒了？」

「妳猜錯了。」傅澤零笑意滿臉，「他們喝到一半，老張帶著系主任過來抓人，酒瓶子一丟，跑得比誰都快。」

周喬樂得笑出了聲。

一旁的陸悍驍看著她開心的模樣就忍不住翻白眼。再看向傅澤零，你他媽這麼能說，升學考作文幾分啊？

傅澤零眼神溫和，伸手幫她往咖啡裡加奶糖，「小喬，妳複習的時候有什麼問題，可以來問我。以後又能是同學了。」

周喬剛想說話。

「哎呦。」陸悍驍微微皺眉，表情似痛苦。

「怎麼了？」周喬側過身，擔心地看著他。

陸悍驍捂著腹肌，平靜中透出一絲隱忍，隱忍裡又有一點脆弱。

呵，誰還不會搶戲啊。

「聊你們的，我沒事。」來自小陸總的純情微笑。

周喬惦記著他的腸胃炎，緊張極了，小聲問：「是不是不舒服？哪裡疼了？」

陸悍驍的眉頭，不經意地深皺一分，關於尺寸的把握，以讓周喬心疼為標準。

「妳和妳學長好好聊，敘敘舊，你們的校園往事太好聽了，好聽得我想哭。」陸悍驍捂著腹肌的手掌用力一拽，把衣服活生生扯出深褶。

周喬一看，天，都疼成這樣了。

陸悍驍把演技往死裡用，聲音抖三抖，顫著音地說：「別管我，我很好，腸子疼不是病，回去打兩瓶點滴就行，大不了開膛破肚動動刀，來個美容線縫一下，腹肌不留疤，美得頂呱呱。」

「……」

可能是這個咖啡糊了眼睛，周喬竟然關心則亂，信以為真，陸悍驍一定在強忍！

她當機立斷，對傅澤零說：「學長對不起了，我們可能要先走。」

傅澤零一臉茫然，僵硬地點了下頭，「呃，嗯。」

周喬站起身，彎腰來扶陸悍驍，「能站起來嗎？慢點，手搭著我。」

陸悍驍假裝腳滑，步伐飄了一下，「不小心」貼緊了周喬，「現在好像還挺難受的了，唉，沒什麼力氣，要讓齊阿姨幫我燉點大骨湯補補。」

「好，我等等就去買。」周喬扶得有點費力。

傅澤零紳士地過來幫忙，「我來吧。」

陸悍驍的「不」字還在舌尖，周喬就爽快地應了一聲，「好！」

傅澤零身高腿長，和陸悍驍旗鼓相當，手法又專業又迅速，三兩下就把陸悍驍架了過來。

只是這力氣……

我靠，疼！

陸悍驍心裡痛呼，望著傅澤零這張若無其事的鮮肉臉，心想，小弟弟很有前途嘛。

周喬小跑著去推店門，用手撐著，等他們過來。

陸悍驍沒忘記自己是個「病人」，慢吞吞的很逼真。

傅澤零笑著說：「陸哥，注意身體啊，盛夏之日容易中暑，小時候吃十根冰淇淋都沒事，長大了，可不同往日了。」

喲呵，拐著彎地說我老？

陸悍驍挑眉，「你們碩士生就是有水準，你這話啊，喬喬念了我百多遍，管得我可煩了，生冷東西不讓吃，水只准我喝溫的，西瓜非得按著我的嘴巴大小切成塊狀，一口餵一個，她手上的茉莉花香，聞得我都快鼻炎發作了。」

傅澤零的臉色當即一變。

陸悍驍不屑，智商起毛球了？呵，跟老子鬥。

越來越接近店門口，周喬站在那滿目關切。

陸悍驍又開始哼哼唧唧，往傅澤零身上靠得更緊，那重量，存了心地故意壓他。

就算放在豬肉攤上賣，老子這體重，也能比你多賣幾個銅板。

陸悍驍虛弱地說：「傅小弟，需不需要我送你一程？」

傅澤零望著他的車，笑了笑，「不用，我回學校搭車很方便。」

「哦，那我就不強求了。」陸悍驍驕矜地點了下頭，「那你好好上路。天氣挺熱的，太陽挺辣的，下次出來記得打把小花傘，圖案選茉莉花、玫瑰花都行，看起來清涼解渴，畢竟你站在路邊等計程車，挺曬的。」

這帶刺的意味太明顯了。周喬看向他，眼神不太高興。

管妳的，誰還不是小公主呢。

陸悍驍大爺似地坐上駕駛座，方向盤甩得溜。

「走囉，回去看陸寶寶囉！」

周喬：「……」

大週末的，股市休市，看你個鬼的寶寶啊！

正所謂，強行加戲最為致命。

冷靜下來，陸悍驍在咖啡館的拙劣演技，簡直慘不忍睹。

周喬冷著臉，一路上都不和他說話。

陸悍驍不停地瞄她，一團無名火洶湧澎湃，見學長妳還有理了！

但氣氛沉默，讓他挺沒把握的，尬聊也是聊，「大學生，妳怎麼不高興啊？」

周喬偏過頭，看窗外。

陸悍驍「嘖」了一聲，「年紀輕輕，漂漂亮亮，竟然這麼容易生氣。」

「……」周喬抿唇，不語。

陸悍驍眼觀前路，手摸方向盤，吹著口哨，亂抖機靈。

「我跟妳說啊，千萬別生氣，生氣就上火，上火就熟了，熟了之後，撒點孜然就能吃了。」

然後又接著吹起了口哨。

這一次，周喬的笑容輕輕鬆鬆地被他攻破。

聽了一下。咦？陸悍驍吹的歌，好像是〈愛你一萬年〉。

意識到此，周喬的臉悄悄發了熱，她彎起嘴角看向窗外。

今天的天氣好像特別好，陽光萬里，雲闊天藍。

尬聊之後，一路上兩人都沒再說話，頗有點「冷戰」的意味。

陸悍驍開車直接回公寓，周喬終於忍不住問：「你不去醫院了？」

「那裡又沒有我學長，才不去。」

「你沒辦出院，藥也沒拿。」

「沒關係的，死不了。」

周喬聽了不開心了，小聲道：「愛死不死。」

「……」

陸悍驍吹著口哨，「不死就不死。」

到家，齊阿姨又不知道去哪裡野了，廚房裡還煲著湯，陸悍驍一聞就知道是豬的大腿骨頭。

他在廚房站了半天，偷瞄客廳裡的周喬，怎麼回事啊，又不理人了，這空空的大房子，沒人說話怪寂寞的。

陸悍驍腦子裡盡是些餿主意，他跑到瓦斯爐旁，找了個勺子當道具，然後嘰哩呱啦開始嚷嚷，「哎呦我的媽！」

沒動靜？

提高聲音，「媽的哎喲喂！」

客廳裡收拾東西的周喬動作暫停，無可奈何地瞥了廚房一眼。猶豫半天，她還是放下東西，決定去看看又鬧出什麼了。

腳步聲，好樣的！陸悍驍為求被燙效果逼真，決定揭開鍋蓋來點仙氣。

手一伸，「我靠！燙！」

陸悍驍趕緊丟掉，鍋蓋掉到地上「嘶啦」一聲碎成了三瓣。

周喬走了過來，對著一地碎渣陷入沉思，然後抬起頭望著他。

陸悍驍嘴角微顫，伸出食指，剛想說，「骨折了。」

這時，客廳響起動靜，是推門的聲音。

齊阿姨開心地叫喚，「今天這塊五花肉可肥美了，我們家悍驍吃了之後可以長到一九八。這隻母雞也挺結實，我們喬喬吃個雞腿，一定活蹦亂跳。」

瞧見鞋櫃裡的鞋子，就知道兩人在家，齊阿姨邊喊邊往廚房來，「悍驍、喬喬，你們在家吶？」

那個「吶」字活生生地在喉嚨裡來了個急剎車，齊阿姨看著一地的碎瓷片，怒氣衝天，「我的蓋子！」

陸悍驍兩手一舉，投降狀，「是我的錯，我賠。」

齊阿姨心疼死了，「這是我上次在超市搶購的，特價九塊九。」

「……」陸悍驍眼角抽搐，「那還挺貴的。」

齊阿姨嫌棄地說：「本想幫你補補鈣，你卻摔爛我的蓋。」

陸悍驍：「對不起讓您受傷害，以後一定表現得乖。」

周喬：「……」

齊阿姨痛心疾首地揮手，「出去出去，看到你廣場舞都不想跳了。」

陸悍驍默不作聲地退到客廳，一連串不順心下來，心情不太好。

周喬望著他的背影，想笑又笑不出來。

陸悍驍突然轉身，「老看我幹什麼？還看就收費了啊，別仗著我們熟，就這麼占便宜。我現在可是要去洗澡的人，再看自殺。」

周喬眨眨眼，被他繞得一頭霧水。

陸悍驍傲嬌地關上臥室門，又吹起了〈愛你一萬年〉。

周喬站在原地，對著門板失笑，也不知著了什麼魔，竟跟著他一起輕輕哼起了同樣的曲子。

「喬喬。」齊阿姨突然喊她。

「啊？在。」周喬如夢醒，像做了壞事被抓包一樣心亂跳。

「我出去買點蔥蒜，等等回來。」齊阿姨說：「順便去超市看看，還有沒有九塊九的鍋蓋。」

「要我陪妳一起嗎？」

「不用了，家裡留個人吧，悍驍病著呢，我怕他想不開自殺。」

「……」

齊阿姨，您這想法也是很璀璨。

人走後，周喬準備回房看書，剛坐到桌邊，敲門聲響。

齊阿姨忘記拿東西了？

周喬快步去開門，結果門口站著的是身穿紅色制服的快遞員。

「請問陸悍驍先生在家嗎？有一份快遞需要他簽收。」

周喬說：「他在洗澡。」

「哇哦。」快遞員的叫聲很婉轉，一副「我懂了」的表情。

等等，你在亂想什麼。

「那麻煩您幫他簽收一下可以嗎？」

一個中號紙箱，掂起來還有點重量。周喬簽收後抱著紙箱進屋，又過了半小時，算算也該洗完澡了，可他房間裡怎麼沒有動靜？

周喬翻著單字，時不時地瞄客廳，想起齊阿姨臨走前的囑咐，越想越慌。

她終於忍不住了，走到陸悍驍臥室門口。

「咚咚咚。」三下連擊，力透門板。

隨著門「嘎吱」一聲解鎖，心也跟著落了地。

陸悍驍剛剛焚香沐浴完，一臉濕，頭髮還在滴水，「怎麼了？」

周喬說：「齊阿姨出去了。」

「哦。」所以呢？

「她走前交代我，要我看著你。」

陸悍驍理所當然地點頭，「沒毛病，畢竟長得帥，多看幾眼是妳天大的福氣。」

周喬平靜地說：「你想多了，齊阿姨是怕你自殺。」

陸悍驍：「……」

周喬忍住笑，「外面有你的快遞，我幫忙簽收了，就放在桌子上。」

「這麼快就到了。」陸悍驍瞬間精神，抓起周喬的手臂，「來來來，我是買給妳的！」

周喬納悶極了，「買給我的？」

紙箱方方正正，簽條上備註的是書。

「等等，我先上網給個五星好評。」陸悍驍拿出手機，操作可熟練。

周喬費解，「你平時還網購？」

陸悍驍邊評價邊說：「剛剛送快遞上門的，是不是皮膚黑，眼睛小，一對招風耳？」

周喬回想一下，嗯，描述十分到位。

「他母親五十大壽時，我還給了份紅包呢。」陸悍驍說：「這些年幫我送過快遞的，五個結了婚，三個生了孩子，只剩他是單身了，我們兩個的婚姻狀況特別像，所以給他多一點寵愛。」

說話的工夫，快遞已經被拆開。周喬一看，人都傻了。

陸悍驍把書拿出來，一本本攤開，自豪地說：「就妳這水準，不多做幾本模擬試題真是可惜了。」

《十年研考》、《歷年題庫大全》。

陸悍驍抬高下巴，抖了抖書說：「以後每天寫一頁，紅筆我都準備好，就等著幫妳打分數。」

周喬：「……」

「妳這是什麼眼神啊，我爺爺奶奶把妳交給我，我肯定不能辜負他們的用心。」陸悍驍越說越起勁，「單字背了嗎？完形填空寫了嗎？閱讀理解得幾分啊？別成天把心思花在學長等無關緊要的人身上。」

學長這個詞，今天出現的頻率有點高啊。

周喬心裡跟明鏡似的，沒點破，似笑非笑地看著他。

陸悍驍被她盯得有點心虛，猛地閉了嘴，撈起試題本塞給她，「記住了，好好念書。」

說完逃也似的回到臥室，陸悍驍的心臟跳得厲害。

完了完了，有東西快要溢出來了，必須找點事情做分分心了。

他撈起手機，打開兄弟群組「顏值撐起我市一片天」裡傳了個「麼麼噠」的貼圖，五分鐘後也沒人回。

陸悍驍又傳：『我昨晚住院了。』

群組裡瞬間秒回——

賀燃：『出售煙花鞭炮彩帶，買一送十。』

陳清禾：『樓上的，我要為你打 call！』

陶星來：『天啊陸陸哥，我愛死你了，超酷的。』

陸悍驍翹起二郎腿，接著發：『不過我今天就出院了，恢復得特別好。』

賀燃：『上則訊息已收回。』

陳清禾：『上則訊息已收回。』

陶星來：『上則訊息已收回。』

「……」

這群畜生都同個德行。

陸悍驍懶得理，點開動態，滑了幾下怪無趣的。

他指尖動了動，發了一則動態——『生個病而已，八塊腹肌已經掉了一塊，人間慘劇。』

以陳清禾為首，點讚數秒破五十。

喲呵，收到一則來自精幹祕書朵姐的留言：『陸總，我來幫您消滅五十讚零留言慘案。』

陸悍驍樂得不行，年薪三十萬的祕書，不是白培養的。

他起了心思，再發——『特大福利：從本篇動態的點讚人裡，抽一個強吻。』

很久之後。

陸悍驍忍不住搖了搖手機，「不會吧，死機了？朵姐呢？三十萬年薪就讓老闆這麼尷尬著？」

他百無聊賴地穿上拖鞋，準備去廚房喝杯水。

走到客廳，咦？周喬的房門開著，人卻不在裡面。

陸悍驍站在門口，往裡頭看了看，書本攤開，筆也沒蓋上筆蓋，手機放在一旁。

看了幾眼，剛準備走，陸悍驍靈光一閃，重新盯上那支手機。

周喬沒設密碼，滑開進去，巧了，正是動態畫面。

陸悍驍眼睛發了光，直接滑往自己剛上傳的那則動態上，可恥地點了個讚。

剛做完，門鎖響。

「哎喲，太重了，幸虧喬喬妳來幫我拎。」齊阿姨又買了三隻雞，周喬提著一大袋瓜果走在後頭。

陸悍驍臉不紅心不跳，「好久不見，妳們好啊。」

齊阿姨笑得喜慶，「這孩子沒事吧，我才出去一個小時呢。」

周喬看著他，覺得有點奇怪，但又不知道怪從何來。把菜提到廚房她就回臥室複習了。

平安無事地度過白天，吃過晚飯，齊阿姨穿著舞蹈鞋，歡天喜地的去廣場上報到。

周喬繼續看書，小檯燈亮著，把她的臉染出一層光暈。

臥室裡的陸悍驍，躁動的不行，他抓準了時間，把那張「點讚送強吻」的截圖傳給周喬。

顯示傳送成功，陸悍驍躲在門後面，捂著嘴狂笑。

幾秒之後——門外發出「劈哩砰哐」書本桌椅倒地的巨響。

「來了來了！」陸悍驍側耳傾聽，腳步聲接近，太激動了。

「咚！咚！咚！」周喬砸門，你有本事截圖，有本事出來啊！

切，本事大著呢。

陸悍驍理了理髮型，「唰」的一聲拉開門，興奮地問：「這位美少女，是不是來兌現獎勵的啊？」

周喬表情平靜，眼色很淡，微微仰頭，直視著他的眼睛。

「……」

等等，這反應，好像拿錯劇本了。

陸悍驍沉心定氣，千萬別慌，我的風格我做主。

他笑得吊兒郎當，彎腰側臉，指著自己的臉頰，「啵啵啵，來拿獎勵吧。」

但回應他的，是安靜。

周喬垂眉低眸，幾不可聞的嘆一聲氣。下一秒，她突然伸出手，輕輕捏住了陸悍驍的下巴。

鬍渣剛冒，手感酥癢。

陸悍驍愣住，任由她手指轉動，兩人正臉相對。

周喬眼神如水又如煙，彷彿幻化了一整夜的星火。

她聲輕意明，直捷了當地問出口——「陸哥，你是不是……喜歡我？」

陸悍驍傻了。

你是不是喜歡我？你這樣子就是喜歡我吧？

微妙的認知如同醍醐灌頂，劈開了他玩鬧性格裡可能連他自己都沒意識到的一條細線。

周喬的眼神平靜，無波無瀾，這種冷靜自持讓人心虛又膽怯。

陸悍驍哈哈大笑，跟聽了天大的玩笑似的，「怎麼可能啊！」

他兩手直拍，原地轉圈，繼續哈哈哈，「周喬，妳這個想法很有勇氣，不行，我要表揚妳一下，表揚歸表揚，但陸老師還是要申明一點啊，哈哈哈，不行了太好笑了。」

周喬靜靜地看著他跳腳，然後打斷他，點了下頭，「那我就放心了。」

陸悍驍：？？？

不輕不重的六個字，聽得陸悍驍心裡不是滋味。

周喬咧嘴笑得開心，「對不起啊陸哥，你這樣性格的人，我真的從來沒有碰見過。我還以為……沒事，話說清楚就好了。」

陸悍驍：「……」

周喬看起來是全然放鬆的狀態，沒有半點偽裝。

就像闢謠成功一身輕，她晃了晃手機，「你是個很有幽默感的人，真的值得學習。」

「……」誰要妳學習了。

「你早點休息。」周喬退出房間，笑著幫他帶上門。

門一闔上，她的笑容凍在嘴角，再以極慢的速度緩緩收回。

方才的喧鬧轟然散去，一門之隔，此刻安靜得像置身另一個世界。

周喬握著手機的指尖越發收緊，她無法解釋兩分鐘前的失禮，脫口而問或許出於衝動，也或者是扎根心底許久的疑問。

談不上失落，但也絕不算高興。

這刻的失衡沒有逗留太久，周喬很快調整過來，回臥室繼續看書了。

而門裡的陸悍驍，顯然沒有那麼好過。

「我靠，太犀利了。」他把空調轉到十六度還嫌熱，索性把T恤脫掉，光著膀子在房裡來回踱步。

一世英名，竟被一個跟屁蟲搶占了先機。

周喬那乾脆俐落的一問，不給他任何思考的時間，相當的快刀斬亂麻。

但是……

陸悍驍心想，我他媽要思考什麼啊？不是已經澄清了嗎！

他往床上一倒，裹著毛毯滾來滾去，滾得太投入，忽略了床的大小。

「哎呦喂！」陸悍驍一聲痛叫，直接滾到地板上。

毯子巨大，已經把他纏了好幾捆，一時間出不來。

就在這時——

「怎麼了？怎麼了？」周喬第一時間推門而入。

陸悍驍：！！！

我靠，這姿勢太丟臉了。

他跟團毛毛蟲一樣在地板上奮力蠕動，毯子纏得特別緊，一時間鬆不開。

周喬忍不住，笑出了聲。

她挑眉，站在原地負手環胸，認真欣賞了十幾秒才邁步前去幫忙。

「你別動，我幫你把毯子扯出來。」周喬按住他的肩，「這邊抬上來一點。」

很快，陸悍驍從毛毯裡冒出了頭。就像一顆突然長出的冬菇，頭髮軟趴趴，眼神無辜。

兩人靠得近，周喬還能聞見他身上的清冽沐浴香。

這一次的對視，是陸悍驍不爭氣地先移開眼睛。

兩人都不說話，好像有一個點在拉扯，全無平日的自然氣氛。

周喬抿抿唇，「你多休息，畢竟剛從醫院回來。」廣播體操什麼的就別跳了。

陸悍驍變換姿勢，盤腿往地上一坐，聽了她的話，還特地把被毯裹緊了些，連聲答應：「嗯嗯嗯！」

周喬忍著笑，裝作若無其事地站起身，往外走了幾步，又突然停住。

陸悍驍仰著頭，一臉癡呆地望著她。

周喬就這麼伸出手，在他腦袋上輕輕揉了揉，輕飄飄地丟了一句，「澆點水，就能發芽，發了芽，明天就有蘑菇吃了。」

「……」

今天發芽明天結果？這蘑菇吃的是十全大補丸吧。

陸悍驍望著她的背影氣憤，摸摸摸，摸禿了妳負責啊！

還蘑菇呢，陸悍驍掀開毛毯，瞬間茁壯成長，在衣帽鏡前秀起了自己的肱二頭肌。

手臂往下，來一招海中撈月，陸悍驍滿意地看著鏡子裡的人，「瞧這肥而不膩的小肌肉，嘖，極品。」

好了，換姿勢。伸手頂天，單膝跪地，此造型叫做我是男子漢。

陸悍驍還為自己配了道音，「喲——嘿——！」

接著來，花式劈腿。

這個不會。

陸悍驍對著鏡子，跳起了太空步，最後手摸胯部，用力一頂。

「歐耶。」

完美收尾。日常自戀已經無法壓制今晚的蠢動了。

陸悍驍覺得一切都怪無趣的。

他拿起手機，點開聊天軟體，望著列表裡的一群兄弟，手指猶豫不決，最後，還是選擇了比較有實戰經驗的賀燃。

陸悍驍頗為狡猾，沒有問『在嗎』、『忙嗎』，而是直接傳了個一分錢的紅包過去。

對方秒拆，然後秒回：『把你的身價傳給我幹什麼？我沒錢找。』

陸悍驍：『我們來聊聊天。』

賀燃：『拜。』

陸悍驍：『那我們來聊色色的話題。』

賀燃：『聊。』

「變態。」陸悍驍切了聲，遲疑了半晌，還是問出來：『喜歡一個女人是什麼感覺？』

回覆很快，『有簡皙的感覺。』

『那個時候，你是怎麼確認自己喜歡上她了？』

問題一送出，陸悍驍高度警戒，當看到顯示「對方正在輸入」時，渾身都繃緊了。

賀燃回了六個字——『想上她一輩子。』

「……」

陸悍驍口乾舌燥地舔了舔嘴唇，變態就是簡單粗暴。

不過不可否認，對男人來說，這是個行之有效的驗金石。

陸悍驍稍稍一聯想。

那麼，他對周喬呢？

長得是漂亮，腿長手臂細，穿一身白裙時，腰身掐得凹凸有致。頭髮綁起來，簡單乾淨。長髮滿肩，那就是一朵小茉莉。

想著想著，陸悍驍迷之微笑起來。

他挑挑眉，按這個理論，自己對周喬應該是沒到那個份上的……吧。

陸悍驍定了定心神，覺得自己一定是昨晚點滴打多了。

「長得帥的人，煩惱總是比凡人多。」

他自我安慰了一番，準備去廚房倒杯水，順便把維生素嗑了。

客廳亮著一盞小燈，浴室門關著，門縫裡透了光。是周喬在洗澡。

陸悍驍咽了咽喉嚨，也不知怎麼的，經過時就跟做賊似的。

怕什麼來什麼，浴室門還真的推開了，香氣混著熱氣蒸騰撲面而來，周喬裹著一身香，和陸悍驍撞了個正著。

兩人面對面，一個比一個不自然。

周喬換上了睡裙，簡潔大方的T恤，寬鬆的衣型根本看不出身材曲線，卻襯得四肢更加纖細。

陸悍驍的目光看燈看門看天花板，就是不看周喬。他清了清嗓子，半天憋出一句，「晚上好啊。」

「……」周喬也不自在起來，應了一聲，「嗯，你也晚上好。」

話一出口，兩人都覺得自己很尷尬。

陸悍驍故作淡定，「我是出來嗑藥的。」

周喬：？？？

「維生素。」

周喬點點頭，往後退了一步，讓出路說：「那你好好嗑。」

陸悍驍挺直背脊，抬高下巴，走得那叫一個玉樹臨風。

周喬望著他的背影皺眉。

這位哥哥，你怎麼走起了同邊路？

廚房裡。

陸悍驍一顆顆地數著維生素，ABCDE各來兩粒，吃完覺得不夠，他又扒出兩顆大枸杞往嘴裡一塞，才有了些許安心的感覺。

齊阿姨的廣場舞跳到快十點才回來，進門起小曲就一直沒斷過。

陸悍驍睡在床上，隔著門都能感受到老年仙子的好心情。

他放下手中的《腦筋急轉彎》，豎起耳朵聽了一下，喲呵，看來今天學了新曲目，好一首節奏歡樂的〈大悲咒〉。

陸悍驍想用口哨吹出來，卻發現找不準音調，索性翹起二郎腿，玩起了手機。

那張「點讚抽獎送強吻」的截圖陸悍驍來回看了幾遍，想想也是腦子發熱，當時怎麼就傳了這麼一則破動態呢。

他陸悍驍從不幹流氓勾當，強吻這種事他根本幹不出來。思及此，陸悍驍樂得一個人在床上又開始翻滾了。

翻了幾圈，他戲癮發作，抱著個枕頭凶它，「給老子老實點！嘴巴不知道撅的啊！舌頭不會伸的啊！」

凶完之後，他「噗嗤」一聲笑得不行。

轉念一想，如果來點更刺激的呢？嗨呀，興奮啊！

陸悍驍把被子捲成一坨，然後撲上去騎在它上面，瞬間入了戲。

「小娘子，從了大爺吧，帶妳吃香喝辣走上人生巔峰！」說完，他「啪」的一聲打了下被子，整個人在上面動了起來——「駕！駕！駕！」

演技精湛，過分投入，以至於聲音漸大也不自知。

門外的齊阿姨，被這動靜驚呆了。

她耳朵貼著門板，戰戰兢兢地聽了幾秒鐘，「我的天。」

齊阿姨兩手抓著自己的一頭小捲毛，著急得團團轉，「天啊，悍驍這孩子，莫不是腸胃炎發生了詭異的轉移，入侵了大腦？」

老年仙子越想越害怕，忍不住敲響周喬的房門，「喬喬，快開門！」

周喬還沒睡，所以反應很快，「齊阿姨，怎麼了？」

五分鐘後。

已經聽完齊阿姨聲情並茂病情描述的周喬，陷入沉默之中。

「他還在說『駕』！」齊阿姨雙手捂嘴，驚恐到不行，「我們悍驍從小的夢想是當科學家，怎麼夢想突然縮水，變成當車夫了呢？」

周喬：「……」

「床在動，在響，太可怕了。」齊阿姨拍著胸口，「喬喬妳上網查查，這是不是鬼附身？」

「……」

老寶貝，這個要怎麼搜關鍵字？

像是看穿了她的疑問，齊阿姨說：「妳就搜鬼附身的表現吧。」

為了讓老人家安心，周喬照辦。

只是在搜尋的時候，她停頓了一下，想了想，在搜尋欄裡打出問題——

『三十歲的男人，為什麼喜歡深更半夜X床……』

這個問題，網路也無解。

周喬自編了一套說辭安撫齊阿姨。為避免老人家追根究底，她故意用了幾個專業醫學名詞，中間再加了點排比句，最後還引用了兩句魯迅名言，總算是把齊阿姨唬住了。

「這……我們悍驍真的沒事？」

「放心吧，魯迅先生都說了，這個現象是正常的。」

齊阿姨憂心忡忡，「那好吧，我明天幫他多燉點枸杞，必須要補一補腦了。唉，妳說這孩子都快三十了，也不好好找個女朋友，可不讓人省心。」

周喬攬著齊阿姨的肩，「您也早點休息，別太擔心。」

畢竟這種風格還能活到三十歲，生命力也是相當頑強了。

齊阿姨直搖腦袋，小捲毛跟著一顛一顛的，唉聲嘆氣道：「好好的人，怎麼說瘋就瘋了呢。」

周喬聽見後，低頭失笑，心想，您大可放心，陸悍驍在發瘋之前，一定會先把全世界逼瘋。

第七章　總裁要靠浪

第二天是週一，陸悍驍要上班，齊阿姨準備了一桌的早餐。

「喲呵，挺豐富的啊。」陸悍驍洗漱完畢，神清氣爽，「包子、饅頭、豆沙包，麵條、稀飯、火龍果，齊阿姨，昨天中樂透了？」

如果沒記錯的話，火龍果一斤要五塊錢呢。

「吃吃吃，」齊阿姨又端上一個大盆，「把這個也喝了。」

我靠，什麼東西。

「雞湯。」齊阿姨拿了把大號湯勺給他，「裡面放了很多枸杞。很補。」

「齊阿姨，我發現妳今天格外熱情似火。」陸悍驍看了看周喬的房間，門還關著，問：「她還沒起床呢？」

「讓喬喬多睡一下，昨晚上我們查東西查到挺晚的。」意識到說漏嘴已經太晚，齊阿姨趕緊左手放在嘴巴上捂住。

陸悍驍洞察力驚人，「妳一個老寶貝需要查什麼？」

「幫你查的。」

糟糕！又情不自禁了。齊阿姨的右手也搭在嘴巴上，往死裡捂。

陸悍驍瞇起了雙眼，拖出一個長長的尾音，「嗯？」

齊阿姨兩眼眨呀眨，輕悄悄地吐了一個字——「駕——」

陸悍驍臉色秒變，什麼都明白了。

齊阿姨趕緊安慰他，「沒事、沒事，喬喬已經查過了，魯迅說，你這個現象挺正常，不用看經神科。」

陸悍驍皺眉，「魯迅說？」

「對啊。喬喬說是魯迅說的。」

「……」

魯迅：呵呵，這句話我沒說過。

因為心中鬱結，肝火旺盛，所以這頓早餐吃得特別慢。周喬出來的時候，陸悍驍還在啃肉包子。

假裝她是空氣，陸悍驍兩眼放空。

周喬沒察覺異樣。坐下來，準備盛一碗玉米粥，勺子還在半空呢，陸悍驍就冷颼颼地說：「這個妳不能吃。」

「嗯？」周喬抬起頭，「為什麼？」

「吃了會變醜。」

「……」

大清早的，別傷和氣。

周喬放下勺子，準備拿饅頭。

「這個也不能吃。」陸悍驍語氣硬邦邦的，「吃了會變矮。」

周喬索性不動，直接問他，「那你說，這桌東西我到底能不能吃？」

陸悍驍：「不能。吃了會懷孕，會拉屎。」

您還可以再噁心一點。

眼見周喬快要不高興了，陸悍驍適可而止，機靈地把自己碗裡的肉包子遞給她。

「雖然妳只能看著鍋裡的，但是妳可以吃我碗裡的。」

「……」

誰要吃你剩下的。周喬心裡嘀咕，但還是給足面子地吃了起來。

陸悍驍假裝看報紙，把臉埋在紙後面偷著樂，這一天的好心情，就從周喬開始了。

陸悍驍去上班後，齊阿姨也出門買菜。

周喬把家裡的地掃乾淨，收拾一下屋子便準備看書。

手機響的時候，她剛背了十個單字，螢幕上顯示來電人：媽媽。

周喬以為自己看花了眼，還特地揉了揉眼睛，這兩個字在手機上活蹦亂跳，熱血沸騰。

周喬接聽，「喂，媽媽？」

剛聽了開頭，她的臉色就變了。

金小玉已經回國，航班剛落地，正馬不停蹄地趕往陸家。同趟航班一起的，還有周喬的爸爸，周正安。

金小玉在電話裡，尚能保持溫柔克己的語氣，讓周喬也回一趟陸家，說是有事商議。

結束通話，周喬握著手機的動作遲遲未變，依舊舉在耳朵邊。好幾秒後，她才緩緩低下頭，鬆鬆地垂了手。

「陸總，這是您要的可樂不加冰。」朵姐俐落地把飲料送進來，順便遞上要簽名的文件。

陸悍驍一串行雲流水的名簽下來，讓朵姐感嘆，「陸總，您又換字體了？今天用的是不是狂草？」

陸悍驍糾正，「陸氏瘋體。」他把簽好的文件還回去，「行了，拿去賣錢吧。」

朵姐得令，「陸總，您這可樂，要續杯了就叫我。」

陸悍驍點了一下高貴的頭顱，「去忙吧。」

朵姐剛走，他的手機就響了，一看，是齊阿姨。

陸悍驍皺眉，稀奇了，齊阿姨從來不在工作時間找他談心。

他接得飛快，「齊阿姨，有事？」

那頭聲音接近爆炸，『悍驍、悍驍，我好擔心喬喬啊！』

周喬？

陸悍驍瞬間緊張，「她怎麼了？」

『她爸媽回來了，都在老爺子那呢。』齊阿姨也是關心則亂，『兩人的關係特別不好，一見面就吵架，這次把周喬也喊了去，可別出什麼事啊！』

陸悍驍一聽便明白，不等她說完，拿起車鑰匙就往外走。

朵姐見老闆風馳電掣般的速度要出去，趕忙提醒，「陸總，您十點有個會……」

陸悍驍直接打斷，乾脆淩厲的兩個字：「取消。」

從公司回陸家有點遠，陸悍驍到的時候，屋子裡已經火藥味撲鼻了。

金小玉蹬著十公分高跟鞋，從氣勢上壓倒丈夫周正安。陸悍驍一進門就看到她硬牽著周喬的手，指責起周正安。

「你為這個家付出過什麼，女兒從小到大的家長會你去過幾次？做了那些破生意，要不是我掏錢給你當本金，你能有今天嗎？還好意思在外面亂搞！看看你這德性，別把女兒教壞了！」

周正安儀表堂堂，看起來是斯文相貌，但這時也顧不得形象氣質，真心覺得這女人蠻橫不講理。

「我教壞女兒？我沒去過家長會？妳自己也不數數，妳又去過幾次啊？啊？三年級的時候妳要出去玩，就把喬喬一個人反鎖在家，結果她晚上發高燒燒到四十度，妳玩了一個通宵，女兒差點燒成傻子！妳還有臉說。」

金小玉大聲：「誰沒臉？你說誰沒臉了！」

周正安：「除了妳還有誰！」

「我呸！」金小玉大有上去幹架的架勢。

陸老太太攔在中間，「哎呦哎呦，幹什麼呢，喬喬還在呢。」

金小玉不管不顧地拽起周喬，力氣又突然又大，差點把人摔在地上。

「周正安我告訴你，家產是我們一起攢下的，休想分給狐狸精一毛錢，女兒歸我養，跟著你成不了人。」

「女兒歸妳？」周正安一聲冷笑，「想得美！」

「她是我身上掉下來的肉，你出軌你還有理了！」

「妳閉嘴。喬喬，到爸爸這裡來。」

「別聽他的，站媽媽這邊。」

兩個人唇槍舌戰，周喬被拉來扯去，她默不吭聲，低頭像樽提線木偶。

「你問女兒，願意跟誰！」

「問就問，喬喬，妳自己說，跟誰走？」

周喬緊緊咬唇，臉色已經褪得和她身上的白裙一樣，幾乎融為一體。

喧囂叫嚷在耳裡嗡嗡作響，每一個字都聽得懂，連在一起跟機關槍一樣，突突突地掃射，把她刺得彈孔滿身。

「喬喬，說話啊！」金小玉厲聲，「別跟妳這個不要臉的爸，根本不是男人。」

「潑婦，妳這個潑婦。周喬，妳還聽不聽爸爸的話了！」

周喬閉眼，雙手握拳，指甲包裹在掌心，她死死地摳著手掌，任憑尖銳的疼麻木此刻的知覺。

門口，靜靜目睹全程的陸悍驍，突然走了過來。

爭執和對罵仍在進行，周喬只覺得右手一熱，陸悍驍就這麼牽住了她。

他的手靈活而有韌勁，一根一根撬開她摳進肉裡近乎自虐的手指。這個動作，像是一針強心劑，捋平的不只是她的指頭。

周喬的手又軟又纖細，陸悍驍不輕不重地捏了捏，低頭輕斥，「手指給我留好了，別他媽虐它，《歷年試題大全》那麼厚一本做完再說！」

周喬眼眶微熱，鼻尖忽然一酸。

陸悍驍抬起頭，目光在依舊爭執不休的金小玉和周正安身上掃了一圈。

他說：「二位，麻煩停一下。」

有人勸架，吵得更起勁了，三代祖宗都搬出來對罵了。

陸悍驍手指叩了叩桌子，「咚咚咚」，三下如擂鼓。

金小玉的唾沫星子彷彿都帶了火花雷電，撒潑大法相當的爐火純青。

聽見也當耳聾。

陸悍驍慢慢地走到一旁，不動聲色地拎起地上的一張矮凳。

他放手裡掂了掂，然後突然轉身，往金小玉和周正安之間狠狠一砸。

「哐」一聲巨響，凳子四分五裂，瞬間肢解。

在場的人被震住。

空氣凝滯再無半點聲音。

陸悍驍眼鋒如刃，不帶絲毫感情和溫度，「喲？安靜了？」

他圍著兩人踱了個圈，聲音發涼，「給我記住了，這是陸家，上有老爺子，下有我陸悍驍，輪誰，都輪不到你們說話的份！」

周氏夫婦縮手閉口，面有懼色。

陸悍驍攔在周喬面前，看向所有人，擲地有聲，吐字如火——

「除非她願意，否則誰也別想帶她走！」

這一屋子雞飛狗跳，最後還是陸老太太出來打圓場。

她身材微胖，腳步走得卻穩，勸人的聲音帶著老年人特有的長嘆短調。

「小玉啊，儂就不要再吵了，兩口子走過來這麼多年，散也要散得和氣為上。」

金小玉精緻妝容的臉上憤氣未平。

陸老太太又轉而對周正安說：「阿正吶，男子漢不該罵女人的，擔不起的時候也要放得下。」

都說勸和不勸分，但事情到了這個份上，能夠好聚好散也算功德一樁了。

周正安的怒意也不少，但不敢再在陸老太太面前發出來。加上陸悍驍的警告，這是陸家，太失分寸。

兩個人一言不合，鬧了個不歡而散。

周正安拂袖離開，邊走邊撫摸自己一絲不苟的頭髮，他年輕時帥氣恣意，哪怕已近中年，也是裝相得體。

金小玉快步追了上去，「別以為我不知道，你把狐狸精安置在蘭山那間別墅裡，站住，你給我站住！」

兩人拉扯趔趄，出了門，罵聲才漸歇。

沒多久，門口執勤的保全進來告知，「陸老太太，人都走了，各自開了一輛車。」

「知道了。」陸老太太唉聲點頭，「這個小玉和阿正啊，鬧了這齣不好看的。」

一屋子硝煙味猶在，陸悍驍轉頭看向周喬。

她很安靜，垂手站在那，看起來沒異樣，但手指捏住自己的裙子一角，死死地搓。

「哇奶奶，妳又買了個新的痰盂啊？」陸悍驍收斂了鋒利，整個人又吊兒郎當起來，邊笑邊往周喬這邊靠近。

陸悍驍經過時手臂一伸，準確無誤地揮開了周喬摳裙擺的手。

他的聲音落在耳邊，「摳得手指不疼啊？傻乎乎的。」

一句輕描淡寫帶過後，陸悍驍又變回了以往的模樣，嬉皮笑臉不正經。

陸老太太說：「那哪是痰盂，是你二叔帶回來的花瓶，說是有些年頭了，可靈氣。」

陸悍驍：「我們家最有靈氣的就是我了。奶奶，改天我出去擺攤，扛面大旗『陸半仙』！」

陸老太太哎喲笑罵，「多大的人了，還跟小時候一樣，永遠長不大。」

「您可別不信，我這就表演一個現場算命。」陸悍驍耍寶似的，轉身指向周喬，然後掐指瞎算，「不得了啊，不得了。」

周喬抬起眼。

「這位女施主，貌美人善，八字絕佳，日後可是當寵妃的命啊！」陸悍驍還念了一段經，然後兩手一拍，「啪」一響，「朕決定了，今天就冊封妳為喬貴妃！」

「……」

我選擇自殺。

陸老太太的耳朵上戴著一副金鑲玉的墜子，笑起來時無風微顫，她安撫道：「喬喬啊，別介意，妳陸哥哥就是這樣，但人還是蠻好，待人不差的。」

這話聽起來怎麼有點像在做推銷。

周喬點點頭，「他很照顧我，是我打擾了。」

陸悍驍勾起嘴角，拿腔道：「朕的大雄寶殿，這位女施主可以隨意進出，滿地翻滾。」

周喬無奈地掃了他一眼。

陸悍驍撇起嘴，吹了一聲口哨，轉而對陸老太太說：「奶奶，我公司還有事呢，先走了啊。」

「你不在這吃午飯啦？」

「不吃了，公司餐廳中午有雞腿。」

「那喬喬呢？總要留下來吃飯的吧。」

「她也不吃了，搭我的順風車回家複習呢。」

陸悍驍對周喬勾勾手指，豪氣地邁步，「還不快點，宣妳侍寢呢。」

「……」

不笑，都對不起他的賣力表演了。

一上午的愁雲慘霧，在陸悍驍的有心安撫裡悄然散去。

兩人坐上車，周喬的心情平復了一些。

陸悍驍叮囑她繫好安全帶，然後打了一通電話，很簡短，周喬聽見他說：「對，兩個人，半小時後到。」

掛斷電話，陸悍驍說：「帶妳去個地方。」

周喬繫安全帶的手一頓，側頭訝異，「你不是要上班嗎？」

「今天家中有事。」陸悍驍彎嘴，「老闆給自己放個假。」

華江路。

陳清禾老早就等在門口，「在這呢。」

陸悍驍走在前頭，周喬跟在後面，她抬起頭，看著眼前大門的招牌，是一家射擊館。

聊完騷，陸悍驍慢下腳步，對她說：「來過沒？」

「沒。」

「今天帶妳玩玩。」陸悍驍說：「等一下進去，千萬要捂住耳朵，不然槍聲會把它震掉。」

「……」

我信了你的邪哦。

「沒耳朵的寵妃，我是不會要的。」他一臉認真，「長得醜，都是賞賜給陳公公的。」

陳公公是？

陸悍驍挑眉，對前面的陳清禾抬了抬下巴示意，壓低聲音說：「記住，射擊時一定要躲著他，這當公公的也沒什麼大毛病，就是槍法不太準。」

那是，都公公了，連槍都沒了，還談什麼槍法。

要不是陳清禾在打電話，不然又會是一場武鬥。

這家射擊場是新開的，從裝潢到設備，樣樣出彩。

看得出來，陸悍驍是這裡的常客，他一來，就有人送上他慣用的裝備。

陸悍驍將子彈和槍膛一一放好，然後動作熟練地裝彈，手指迅速得跟花似的，最後「哢噠」一聲脆響，組裝完成。

他和陳清禾戴上防護耳罩，立身射擊區，周喬驚訝，他們打的還是移動靶。

每個槍靶移動速度不固定，有快有慢，陸悍驍單手持槍，手臂繃直而穩重，在半空中沒有一絲顫抖。

他微瞇眼，瞄準間距，手部動作做微調。

周喬這個角度能看到他側臉的線條，流暢凌厲，認真時的樣子十分精英。

「碰碰碰！」

連響十幾下，陸悍驍和陳清禾幾乎同時射靶。

二十發子彈，一個九五環，一個落後三環。

「Yes！」陸悍驍贏了，他摘下耳罩，笑呵著對周喬說：「看，那是朕為妳打下的江山！」

一旁的陳清禾「哇啦」一聲作嘔吐狀。

「媽的你吃多了酸蘿蔔吧。」陸悍驍嫌棄他，然後又看向周喬，「讚美要大聲說出來，我是不是棒呆了？」

周喬笑了笑，點點頭，「嗯，是挺呆的。」

「妳膽子大了？嗯？」陸悍驍走過來，「準備準備。」

「幹什麼？」周喬警惕。

「教妳玩槍。」

陸悍驍幫周喬選了一把M16，瞄準方便，後坐力小，適合初學者。

「腳與肩齊寬，再收一點，手抬平。」陸老師有模有樣，見她動作不對，「啪」的打了下她的手，「妳抖什麼抖？」

「欸！」周喬蹙眉，好疼。

一聽她喊疼，陸悍驍趕緊伸出膀子，對著手臂也給了自己一拳頭，「朕與妳同甘共苦。」

「……」

一旁看戲的陳清禾亂起鬨，「驍兒，我也要，我也要！」

「滾。」陸悍驍才不稀罕他，「你拉你的黃包車，我坐我的私人飛機，我們互不相欠。」

陸老師繼續教學。

他站在周喬側邊，兩人靠得很近。

「食指放上面，對，虎口抵住掐緊。」陸悍驍親身上陣，太投入了，一不小心握上了她的手。

周喬一怔。

陸悍驍渾然不知，沉迷老師遊戲不可自拔。他把周喬的指頭擺正位置，然後說：「沉心靜氣別看帥哥，注意看靶。」

他聲音沉，又貼得近，自帶的低音炮效果，把周喬震得臉發燙。

「三、二……」倒數計時，陸悍驍握著她的手更加收緊，「開始！」

在他的引導下，周喬打出了第一槍。

陸悍驍沒鬆手，繼續握住，「砰砰砰！」，直到十發子彈全部打完，螢幕上亮出成績：零環。

「我靠。」這也太羞恥了吧，陸草包不幹了，「陳清禾，你們店的破爛貨再不修，我就要來砸店了！」

「滾。」陳清禾誓死捍衛店面形象，「哪裡來的野雞老師，就這水準還教學生呢，喬喬妹，到清禾哥哥這裡來，我可是拿了教師證的。」

「教師證，呵，教吹牛吧。」陸悍驍一聽他調戲周喬，心裡不爽，再三囑咐周喬，「他私下有沒有勾搭妳？」

「啊？」周喬乍一聽沒明白。

陸悍驍不耐煩的模樣很欠揍，「沒跟妳要電話、加好友？」

「沒有。」

「記住了，要了也不能給。」陸悍驍想想覺得還不放心，又一副老成的口氣，語重心長道：「妳現在年紀小，分不清好人壞人，一定要聽哥哥的話，知道了嗎？」

周喬腦袋冒汗，「陸老師說得對。」

陸悍驍滿意她的態度，伸手揉了揉她的頭，「欸，妳用什麼洗髮精啊，頭髮怪香的。」

這話題轉換也太快了吧，周喬眼神無辜，「霸王。」

哪知陸悍驍乾脆地應了一聲，「在！妳怎麼知道我小名？」

「……」

天啊，可以說是極其不要臉了！

一旁的陳清禾看不下去了，「行了行了，收手吧，別騷了。跟你說件事。」

陸悍驍接過陳清禾遞來的水，擰開蓋子後又遞給身後的周喬。

「嘖。」陳清禾勾著他的肩調侃道：「驍兒，你真是騷到看不下去了。」

「幫女生擰個瓶蓋怎麼了？人家力氣小，哪是你五大三粗能比的。」

「是是是，你家喬喬天下第一好。」陳清禾說：「對了，明天陶兒回來，約我們去泡溫泉。」

「陶影帝拍完戲了？」陸悍驍皺眉，「能不能換一個，大熱天的泡溫泉，有病。」

「我知道你的難處，那邊有兒童溫泉，水挺淺的，特別適合你這種不會游泳的人。」

「……」

你他媽不揭人短會死啊。

陳清禾樂道，「帶上周喬。」

打靶歸來，回去的路上，陸悍驍心事重重，一路都繃著臉不說話。

周喬瞄了他好幾次，不對勁啊，「呃，你怎麼了？」

陸悍驍把事情說了一遍，「煩死他們了，每次大聚會都挑有水的地方。對了，明天晚上妳跟我一起去。」

周喬低頭想了想，今天在陸家，陸悍驍的仗義執言和不動聲色地維護自己，還特地蹺了一天班，去射擊場帶她打槍放鬆。

這份心意他沒挑明，但實實在在地落到了她心裡。

於是，周喬這一次，難得的沒有拒絕。

她抬起頭，說：「明天晚上，我教你游泳吧。」

陸悍驍一腳急剎，「我靠，激動！」他轉過頭不可置信，「妳說真的？騙人是小狗汪汪汪！」

周喬眉眼帶笑，眼神溫和，「嗯，真的。」

「解氣！」陸悍驍興奮地兩手在方向盤上一拍，差點沒跳起來，「陳清禾那群畜生，嘲笑老子二十八年半，明天讓他們跪下叫陸爺爺！」

「……」

你的志向還能再高一點嗎。

回到公寓，陸悍驍腳底生風似的往臥室去，嘴裡還念念有詞，「小寶貝們，爸爸帶你們重見天日！」

等等，小寶貝是誰？

周喬跟上去，站在門口觀望。

只見陸悍驍推開衣櫃，蹲下來瘋狂翻找，然後捧出了一堆……泳褲。

樣式不一，圖案繁多，有保守的四角褲、騷氣外露的三角褲，隱隱的，周喬還看見了綁帶款。

陸悍驍把它們整齊地攤在床上，彩虹條紋、大豹紋、小豹紋，還有襠部繡著一根胡蘿蔔的。

周喬傻眼了。

陸悍驍思索道：「穿哪條好呢？」

他在大豹紋和小豹紋之間猶豫不決，然後突然轉過身，目光直直地盯著周喬。

「……」

糟，不祥的預感！

陸悍驍把周喬從頭到腳掃了個遍，醍醐灌頂一般，選中了明天的泳褲。

「就你吧。」

是一款清新的小碎花圖案喲。

周喬頓時泯默無言，她低下頭，看著自己穿著的碎花連身裙，頓時百感交集。

陸悍驍這是強行幫自己加戲，搭配尷尬「情侶裝」嗎。

一想到這，周喬整個人都快燃燒了。

幫自己選好了泳褲，陸悍驍又開始討好起周老師，「周老師，明天我需要注意哪些地方？」

周喬問他：「難道你一直沒學過游泳嗎？」

「學了。」陸悍驍很納悶，「我還找過私人教練呢，結果成功被我氣走。後來就是哥們教，不是我說，陳清禾那水準簡直是毀我人生。」

周喬也想不明白，「你是不是把游泳想得太難了？」

「我怕水。」陸悍驍說：「尤其看到那種深海圖片，我的天，要窒息了。」

傳說中的深海恐懼症？

周喬好像有點理解了。

陸悍驍開始憧憬明天美好的泳池生活，「這輩子我還沒被女人教過如何浪呢。」

周喬的腦袋又開始冒汗，您說話能別亂用浪字嗎。

陸悍驍從憧憬裡回過神，看時間還早，於是拿起車鑰匙，「我出去一下啊。」

出門的時候，正好和跳廣場舞回來的齊阿姨撞個正著，「喲，驍驍，又去打牌啊？」

「牌有什麼好打的，每次都贏，怪無聊的。」陸悍驍晃了晃車鑰匙，「幹正事。」

半小時後，某商場的品牌泳裝店。

店員嗨慘了，沒想到下班前接了個財神爺，陸悍驍把每個款式都挑了一件。

「先生，您看這件怎麼樣？」店員拎著一件爆乳綁帶款，可以說是相當開放了。

陸悍驍一百個不樂意，「不要。」

明天周喬的身分可是老師，又不是去走秀，再說了，她那個胸可能還支撐不了這件泳裝的精髓。

陸悍驍手指一點，「行了，就這些吧，買單。」

店員歡天喜地，熱情地送走金主，「先生，您對您女朋友真是太好了！」

「女朋友？」陸悍驍呵聲一笑。

店員心想，完了，說錯話了？

「你怎麼知道是女朋友。」陸悍驍調侃地說：「萬一是老婆呢哈哈哈哈。」

「……」

他效率高，輾轉來回不到兩小時。

到家的時候，齊阿姨已經睡了，周喬坐在房裡背單字。

陸悍驍扣了扣門板，懶洋洋地伸手，「給。」

周喬側頭，盯著他手裡的大紙袋，「什麼？」

「送妳的。」陸悍驍把它放桌上，吹著口哨就走了。

周喬認識這個品牌，貴到不要臉。

拿出來一看，我的天，這都是什麼東西啊！

第一件，蕾絲花邊，胸罩上還有亮亮的小珠珠。

第二件就更恐怖了，兩罩之間用一個鐵環連接，整套泳衣閃爍著龐克之光。

想不到陸悍驍還有如此野性的嗜好。

相比來講，最正常的就是手上這件小碎花款了。清新淡雅，款式也正常，符合她這個年齡的審美標準。

桌上的檯燈亮光勻勻地灑在這些衣服上，周喬看著它們忽地失笑。

陸悍驍為了強行搭配「情侶裝」，真是煞費苦心。

正想著，他的聲音從客廳裡傳來，「妳要是想選那套鐵環的也可以，畢竟我也有一件鋼絲的泳褲哦！」

「……」

周喬沒回應，抿嘴微笑，她想了想，還是選擇了那件碎花的泳裝。

一直躲在門邊偷瞄的陸悍驍瞬間和討到糖吃的孩子一樣，差點沒跳起來，「Yes！」

周喬聽見動靜，猛地回頭，兩人的目光正面相碰。陸悍驍不躲不藏，笑得眉飛眼揚，「提前慶祝，畢竟我明天就是會游泳的人了！」

周喬挑眉，「放心，一定教會你。」

這晚，睡眠品質向來很好的陸悍驍，做了一個不要臉的美夢。

夢裡，他被周喬抱著，兩人身體緊緊相貼，水很深，他卻不慌不忙。因為周喬的嘴唇貼著他的耳朵，輕輕地撒嬌，「再快一點，水花不夠大。」

再後來，陸悍驍被浪醒了。

醒來時，他滿額頭虛汗，眼神迷離不知今夕何夕。好半天才回過神，「天啊，我他媽竟然做春夢了！」

陸悍驍呆坐在床上，整個人都是茫然的。他胸口大喘氣，越回味越要命，耳根發燙，臉也跟燒著一樣，最後陸悍驍認命地嘆了口氣，手滑進被子往下伸。

他煩惱的是，怎麼夢只做一半就醒了呢。

另一半要靠自力更生，想想也是夠可憐的。

第八章　陸氏狗爬

第二天下午，不到四點，陸悍驍就拖著周喬出門了。

周喬有些奇怪，「不是約好晚上的嗎？」

陸悍驍驕矜地轉著方向盤，憋了半天，才小聲說：「先提前熟悉一下場地。」

周喬頓時明白了，他是想提前學游泳，免得到時候丟臉。

陸悍驍怪不好意思的，「被他們那群畜生笑話了這麼多年，我不要面子的啊，昨天我在兄弟群組裡可是表了態，今天請他們欣賞花樣游泳。」

周喬也是服了他，「我盡力吧。」

泡溫泉的地方對面就是游泳館。他們到的時候，館內的人不是特別多。

「我先去換衣服。」周喬提著袋子說。

「好。」陸悍驍拉開後行李廂，扛了一個游泳圈出來。

等等，您這游泳圈的圖案很別致啊。

陸悍驍咧嘴朝周喬笑得很天真，「蠟筆小新，他是我小時候的天王偶像。」

「……」

那還真是物以類聚。

男人脫衣服快，陸悍驍換好深藍色的碎花泳褲出來時，周喬還不見人影。

他小心翼翼地走到池邊，生怕一個趔趄摔進水裡。然後坐在地板上，用腳踢水花玩。泳池裡男女兩三堆，時不時傳來笑聲。

陸悍驍羨慕地望著在水裡游的人，不由自主地模仿他們的動作，來了一招隔空舞膀子。

等他第六遍踢起水花時，周喬款款走來。

水珠在陸悍驍眼前顆顆抖落，周喬褪下外衣，淡黃的碎花泳裝裹得她身材凹凸有致，下面是裙裝，短得剛遮腿根。

陸悍驍的目光跟掃描器似的，從她的小腿開始往上，勻稱的雙肢，弧度纖細的腰身，還露出了一小截白白的肚皮，再往上——

陸悍驍的掃描器瞬間死了機。

他嘴唇微張，完了完了，後悔了。

昨天就該買下那套爆乳款式的性感泳裝才對啊！

周喬的頭髮被束起，光滑脖頸延伸而下，胸部的線條出乎意料的好看。

人越走越近，陸悍驍趕緊低下頭，假裝漫不經心。

他看著自己深藍泳褲上的碎花圖案，心裡美滋滋，好像那花，是從周喬泳衣上摘下來的一樣。

「想什麼呢？」周喬在停在他面前。

陸悍驍抬起頭，腳「嘩啦」一下又撩起了水花，淡定地說：「適應水溫。」

「……」

大熱天的，又不是讓你冬泳。

周喬斂神，「那我們開始吧。」

「好嘞！」陸悍驍撈起他的游泳圈，輕聲說：「小新，不要怕，爸爸保護你哦。」

然後把游泳圈套在自己的腰間，對周喬說：「好了，下水吧。」

「取下它。」周喬命令。

陸悍驍不服，「憑什麼。」

「你要學游泳，套個游泳圈怎麼行？」周喬認真道，「你不取，我就不教了。」

「取取取。」陸悍驍嘀咕道：「等出了游泳館，還敢威脅我妳就死定了。」

周喬腳尖一踢，蠟筆小新飛了出去，然後她先下水，轉過身對岸上的陸悍驍伸出手，

「來，扶著我。」

嗯，這事他願意幹。

陸悍驍把手交給她，然後也下了水。

「等等！太深了！」很快他就開始緊張。

「這才剛到大腿呢。」周喬無語。

「不行不行，我要飄起來了。」

周喬把他的手握得更緊，「有我在，你別怕。」

她聲音輕，搔搔癢癢地撓在陸悍驍的耳裡，五官串通一氣直達心底，這種感覺很奇妙。

他漸漸放鬆，乖乖地點了頭。

「游的時候，手要划開到最大，切忌心急，腿跟著手一起，頻率和動作都是一致的。」

周喬講解得十分有耐心，「最重要的一點，用嘴呼吸吐氣。」

陸悍驍試了幾次，就是不敢鬆腳，誓死踩著池底不動搖。

周喬也不生氣，態度依舊和順，她把陸悍驍的手抬起來，搭在肩膀上。

「你按著我的肩，把我當浮板，我們先學腳的動作。」

陸悍驍有點僵硬，連氣都不敢大聲喘，要是來口深呼吸，這個姿勢不就是胸貼胸了嗎。

周喬見他發愣，索性往後退了一步，陸悍驍失去平衡，「哎呦！」

好了，終於浮起來了。

「慢點慢點，我怕我怕。」陸悍驍把周喬的肩膀摳得緊緊，大腿亂打水花。

「對，動作沒錯，不要心急，規律一點。」周喬被他摳得生疼，但半聲不吭，鼓勵他繼續。

游了三四公尺，陸悍驍已經不緊張了，大長腿蹬得勤快。

而兩隻手已從搭著肩膀，變成了環著周喬的脖頸。

陸悍驍的腦袋像一顆濕噠噠的大頭蘑菇，邊游邊得意，「周老師，妳看我的泳姿帥不帥？」

周喬彎嘴，「像青蛙腿。」

「說對了，我就是青蛙王子。」陸悍驍沾沾自喜，「呱呱呱。」

還沒呱完，周喬一個閃退，把陸悍驍的手甩了下去。

「我靠！」他頓時章法大亂，在水裡撲騰得跟狗刨似的，「周喬！周喬！」

「手跟腳一起動，不許慌！」周喬把動作要領重複一遍。

陸悍驍「啊嗚」一聲，嗆了好幾口水。

「唉！」周喬見他實在不行，於是游過去一把抱住他，「別怕，我在。」

「妳別走，抱著我。」陸悍驍這次死也不鬆開，不僅手摟緊了她，就連腳也纏住她的大腿，「喬喬、喬喬！」

「在呢、在呢。」周喬的手不停撫摸他的背，安撫他的情緒，「你放心啊，我不會讓你淹死的。」

「游泳太可怕，陸總要回家。」陸悍驍跟被遺棄的小奶狗找到了主人似的，「我要上岸！」

周喬的聲音落在他耳邊，「不學了？那等等又要被笑話，很丟臉的。」

陸悍驍「唔」了一聲，「那我要套上游泳圈。」

兩個人緊緊貼在一起，周喬下意識地說：「我就是你的救生圈啊。」

那個「啊」字，帶著女人特有的柔音軟調，讓陸悍驍一下子分了神。

接下來，周喬換了一種方式教學。

她抬著陸悍驍的腰身，讓他手腳齊動，控制平衡。

這個方法還挺有效果，至少陸悍驍不再那麼緊張，搞了三四次，似乎找到了那麼點感覺。

「喬喬，我好像會游了。」

「嗯，動作好看多了，保持住。」

周喬的軟手墊著他的腹部，墊久了，覺得有點扎手。

她移了移，準備放上面一點，哪知陸悍驍一個機靈亂抖，人跟箭一樣往前竄了出去。周喬的手就不偏不倚地按在他的泳褲上。

陸悍驍一怔。

整個人都僵了。

在水裡，周喬的感覺沒那麼明顯，待某部位緩緩起了變化時，她才意識到手感不對。

「……」

現在剁手還來不來得及？

周喬跟觸了火似的，飛快收手，覺得不夠，還把拳頭握得死死。而陸悍驍，茫然的同時，竟然神奇地學會了水中懸浮。

安靜。

沉默。

陸悍驍狗爬式掙扎游了好幾公尺，背對著周喬越來越遠。

周喬望著他的背影，清涼的水也泡不走手裡的燥熱了。

她低眉垂眸，使勁搓了搓自己的手指，心慌意亂的間隙裡，她不得不承認，那裡真是……好大一坨啊。

就在這時，游泳館門口一陣騷動，陳清禾的聲音傳來，「陶兒，你新拍的那部古裝劇，演的是不是皇太子啊？超高貴，累吧？」

陶星來的聲音又脆又清新，「清禾哥，你一亂說我就不太愛你，我的氣質百裡挑一，不演王子太可惜，怎麼可能會累！」

熟悉的人影一個接一個走近。

而狗爬式學成功的陸悍驍，依偎在岸邊，整個人神魂抽離。

他現在煩惱的是，下面那位大兄弟，如何才能軟下來。

陸悍驍泡在水裡，跟癡呆兒童一樣。

陳清禾隔老遠就在那瞎嚷嚷，「天，看，那是誰，泡在水裡真的美。」

陶星來「哇哦」一聲，「陸陸哥，你竟然敢下水啦。」

陸悍驍臉色難看，假裝不理。

陳清禾跑過來，「悍驍，怎麼了，臉紅莫不是發燒？」

「滾。」陸悍驍躲開他伸過來的爪子，「你才發燒，你全家都發燒。」

陶星來打招呼，「Hello，陸陸哥，上一次見面還是冬日雪花飄，轉眼之間，我們重逢在夏日的游泳池。」

陸悍驍泡在水裡不動，勉強地咧開嘴角，「陶兒，一日不見如隔三秋，今日再見，猶如朽木逢春。」

兩個人你來我往，把一年四季都輪了個遍。

陶星來蹲在泳池邊，張開手臂，「快點，愛的擁抱，此刻很需要。」

陸悍驍沉默地搖了搖頭，「多大的人了還這麼鬧，成熟男人才不和你開玩笑。」

陶星來愁眉苦臉，「你嫌棄我、傷害我、冷凍我，你完了，我詛咒你一輩子學不會游泳。」

陸悍驍一聽，瞬間得意起來，他全身蓄力，腳尖一蹬，一下子游出一公尺遠。

「噗通噗通」的水花跟起大浪似的。陸悍驍手腳亂撲，拚盡全力地展示著自己的狗爬式。

「你、你們看清楚，老、老子會游了！靠！」

話還沒講完，他就嗆了一口水。

水好喝，超好喝的，我不認輸。

陸悍驍心裡瘋狂幫自己打call。強行把自己穩下來，他默念著周喬教的訣竅，硬是撐著游了四五公尺遠。

岸上的陳清禾和陶星來，口哨和掌聲齊飛——

「悍驍好樣的！」

「陸陸哥，你大腿內側有顆痣！」

等等，陳清禾納悶極了，「陶弟，你這個關注點很奇特啊。」

「誰讓他的腿張得那麼開。」陶星來陷入沉思，「清禾哥，有句話怎麼說的？」

「什麼？」

「那種地方有顆黑色的痣，是不是那方面需求比較旺盛？」

「胡說。」陳清禾糾正，「那顆痣又不在屌上。」

「怎麼回事啊！」陶星來突然激動，「清禾哥，你要流氓的樣子好變態哦！」

陳清禾無語，「這個話題不是你先說的嗎？」

陶星來好委屈，「你怎麼誣陷人呢，不跟你玩了。」

「……」

陳清禾內心感嘆，這位小弟比陸悍驍還嬌氣啊。

水裡的小陸總，頂著一口氣，撲哧撲哧游得特別賣力，他的頭在水裡一搖一晃，朝著周喬的方向游來。

嘴巴沒空說話，但眼神對視的時候，他的努力和得意，有些許獻寶的意味，看得周喬不由自主地笑了起來。

「我棒不棒？」下面給大家表演一個陸式狗爬。

周喬眉眼彎彎，舉起大拇指。

「我的手臂長不長？」陸悍驍笑得像個傻子，「還有肌肉，肌肉也誇一誇！」

周喬笑出了聲，「又長又棒！」

她探身一躍，也往前游了幾公尺，身型細長得跟條美人魚一樣，轉身的時候，蕩起一小圈水花。

周喬再次對他伸出手，「游遠一點，到這來。」

陸悍驍繼續奮力，每次前進一點，周喬便不動聲色地往後退一點。這種進退有度的鼓勵方式，竟然讓陸悍驍游過半個游泳池。

再後來，周喬在前面游，他像隻哈巴狗似的跟在後邊。泳姿好看了，狗爬變蛙泳了，大長腿的魅力展現出來了，腳也張得不那麼開了，內側的痣也看不見了。

周喬停在水裡等著他。

陸悍驍滿臉興奮，靠近了，抓住她的肩膀，「我是不是及格了！」

周喬也替他開心，「蠻好的。」

他甩了甩頭，水珠飛到周喬臉上。

「哎呀。」周喬眼睛進了水。

陸悍驍來了勁，猛地撩水往她臉上潑，「多謝周老師教導之恩。」

周喬笑著躲，「喂！」

陸悍驍玩心大起，追著她越潑越厲害，周喬被弄得受不了，也開始反擊。

「我靠，耳朵進水了。」陸悍驍剛學會游泳，在水裡不敢太放肆，漸漸落於下風。

他靜止於水中，捂著耳朵表情很痛苦。

周喬一看，趕緊游過去，「怎麼了？快去岸邊用棉花——啊！」

陸悍驍突然伸手，從後面摟住她的脖頸，把人緊緊地嵌進臂彎，「哈哈！上當了吧！」

周喬被鉗制得無法動彈，恨恨而言，「陸悍驍，你耍詐！」

「詐的就是妳。」陸悍驍不要臉，把她往自己身上貼得更緊密，「不給妳點教訓，都快忘記老子是霸道總裁了！」

「就沒見過不會游泳的霸道總裁。」周喬氣得激他。

「誰說我不會游，不是剛被妳教會了。」陸悍驍的嘴唇都快貼在了她耳朵上，熱氣沾著水痕，又黏又熱火，「小東西，是不是都快忘記，我是妳長輩了？」

「……」

大七歲半的長輩，你真是一點虧都不吃的啊。

周喬冷冷靜靜地賞了他五個字，「知道了，老頭。」

「……」

陸悍驍反應過來，不服氣的感覺油然而出，他近乎失控，「老老老！我哪裡老了！每週兩次專業皮膚護理，杠鈴一百個不會喘，快跑五公里帥到起飛，見過這麼厲害的老頭嗎！」

周喬淡定地點點頭，「見過，就是你。」

「……」陸悍驍咬牙，鐵臂把她摟得更緊，吐字如火道：「周喬，妳想死是不是？」

一柔一剛，凹凸想貼，他稍一認真，氣勢如風起。

周喬心裡咯噔一下，節奏亂跳，好不容易穩住陣腳，「嗯」了一聲，「在水裡，我還淹不死。」

陸悍驍呵的一聲冷笑，手腳齊用，大腿也纏住她。

周喬驚駭，「你幹什麼？」

「知道妳游泳厲害，妳這麼厲害，馱著我遊回岸邊唄。」

論不要臉，他總是要勝人一籌的。

陸悍驍化身無尾熊，往她身上拱，恨不得吊死在這棵樹上。

「哎！」他太重了，周喬根本站不穩，趔趄著往後倒，這下好了，兩人正式無死角貼合。

周喬的身體有股女生特有的清香，頭髮撓著陸悍驍的鼻尖，癢得他想打噴嚏。

兩個人誰都不說話，維持著這個姿勢一動也不動。

背後心跳隔著背脊一路攀延，周喬清晰地感覺到陸悍驍的情緒變化。

直到岸邊的陳清禾叫喚，「你們兩個的姿勢很連體啊，再不分開我就要報警了。」

陶星來起哄，「陸陸哥，你這麼老，吃嫩草很過分哦！」

又是老！

陸悍驍暴怒著回頭，「老你個頭！」

陶星來被吼了，很不開心，小聲嘀咕：「不就是老頭嗎。」

水池裡的周喬，尷尬得不行。陸悍驍總算鬆開了她，彷彿這一池的水，都是他背後冒出的汗。

周喬沉默地準備先走。

陸悍驍脫口而出，「妳不等我了？」

「你不是會游了嗎？」

「會是會，但妳不在旁邊，我不放心。」

周喬不吭聲，靜默片刻後，她丟下一句，「你先游，我在後面保護你。」

陸悍驍將濕漉的頭髮一把往後抹去，露出了飽滿的天庭，笑得像個如風少年。

周喬盯著他嘴角的弧度，就這麼分了神。

陸悍驍越游越好，動作勉強能入眼。

終於上了岸，陸悍驍坐在池邊，伸手給周喬，「來，扶著我。」

周喬把手交給他，陸悍驍手一收，臂上的經脈清晰凸顯，極富力量感。

把人拽上岸，陸悍驍問了幾個自己十分在意的問題。

「我的身材在水裡是不是很美？」

「……」

我拒絕回答。

陸悍驍和她並排而坐，挺不死心，「是不是腿超長，手臂好看，腰也超有力？」

周喬內心是窒息的。

「還有我的腹肌。」陸悍驍就這麼低下頭，手往腹部一指，「瞧瞧哥這小肌肉，一塊塊整齊得跟方塊豆腐似的。」

他忽然吸氣，得意地說：「繃緊了也這麼有型，數數，是不是八塊不少！」

周喬已經無法直視了。

久未吭聲，沒人回應怪無趣的。陸悍驍終於抬起頭看向她，發現新大陸似的問：「哇！妳的臉紅成猴屁股了！」

周喬腦袋跟充血似的，反駁，「你才猴屁股呢！」

「我的屁股可白了，一點也不紅哈哈。」這個臭不要臉的老男人。

陸悍驍饒有興致，湊近點，就快跟她額頭抵額頭了。他語焉不詳，曖昧不明地問：「喬喬，跟哥說句實話。」

周喬心跳狂蹦，「嗯？」

「我老嗎？」

「……」

陸悍驍秒變認真模樣，十分在意再三追擊，「回答我，我真的像個老頭？和妳站在一起，讓妳覺得丟臉？」

這話說得也太嚴重了，周喬誠實地否認，「不不不。」

陸悍驍勾嘴，眼神熾熱，「嗯？不什麼？」

周喬緩聲，「不老。」

「哪裡不老？」

「哪裡都不老。」

陸悍驍眼形狹長，拖出一個長長的尾音，似笑非笑地看著她，「……哦？」

周喬已經招架不住了。

「真的不老！」不知怎麼的，她脫口說出一個有力證據，「在水裡……屁股挺翹的。」

陸悍驍一愣，這下子輪到他快要燒起來了。

陳清禾走過來，「你們玩完了沒？」

陸悍驍回過神，給了他一個眼刀，「關你屁事。」

「我屁股上又沒有痣，當然不關我的事。」陳清禾蹲在他旁邊，攬著他的肩膀，「驍兒，我這有張名片，專業消痣，還是無痛的你要不要？」

周喬聽得臉都燥了，陸悍驍伸手給了陳清禾一拳頭，「你會不會分場合啊，在這亂說什麼！」

陳清禾一臉無辜，「我什麼也沒說啊，你上次不是讓我留意這方面的資訊嗎？」

大概是某次聚會吹牛，哥們幾個無聊比誰身上痣比較多，開玩笑提及的。

「不就是一隻大腿嗎，誰還沒有似的。」陳清禾不樂意了，「你脾氣再這麼壞，人家就要拿小拳頭搥你胸口了。」

陸悍驍笑著罵了一聲，「你還能再娘一點。」

「比不上你。」陳清禾又向周喬靠近，「喬喬妹，跟他住了這麼久，有沒有發現他的特殊嗜好？」

「滾。」陸悍驍一腳過來，要把他踹下水。

陳清禾定力不錯，沒讓他得逞，「他特別喜歡收集內褲，到各地出差，別人帶特產，他總是能從當地的一些小店裡，找到各種花樣的內褲帶回家。」

「……」

太隱私了，受不了！

周喬臉色不自然，偏頭逮著一個小胖子看。

這位胖子小朋友也是很應景，朝著周喬咧嘴笑，然後捏著自己肚腩上的肥肉，「姐姐，這是我的肉色游泳圈喲。」

而一旁的陸悍驍恨不得掐死陳清禾，兩個大老爺們在岸邊表演起擒拿格鬥。

「我靠，你下手也太狠了點吧！」陳清禾被他反轉著手，關節都快疼死了。

「你不是挺能說的嗎，怎麼，能說不能打啊？」

陳清禾在部隊裡待過幾年，不是軟蛋，腳往後一勾，陸悍驍定力不穩，趔趄著往前摔。

「你今天是怎麼了，平時玩笑挺能開，這算什麼？」陳清禾擋住他的鐵鉤拳，「陰險！又抓我大鳥！」

陸悍驍急忙去捂他的嘴，「你發情的聲音還能再大一點，旁邊就有個未成年小胖子，虧你還是部隊阿兵哥。」

擁有豪華肉色游泳圈的小胖子，兩眼一瞪，清脆地表達憤怒，「未成年就未成年，為什麼還要說我是小胖子。哼，大壞蛋！」

陳清禾笑到不行，對陸悍驍說：「多少年沒見你對我動真格了，動動手就行了，還真想把我打成殘廢啊？」

這件事的導火線，就是他在周喬面前提了「內褲」、「花式」等下流字眼。

陸悍驍煩他，「就你這聒噪的氣質，打死了埋地下，半夜三更也能跳出來在墳頭上跳舞。」

陳清禾嗨呀一樂，朝他擠眉弄眼，「驍兒，別怪哥們沒提醒，趕緊停止武鬥。」

「幹什麼？」陸悍驍不屑，「我還沒揍夠呢。」

只見陳清禾湊近，笑得語焉不詳，「你動靜再大一點，全世界都知道你激凸了。」

陸悍驍反應過來，頓時尷尬心虛到不行。

陳清禾一副很懂的表情，壓著聲音道：「哎呦喂，這是對誰起反應了呢，莫不是肖想我多年情難自禁？」

一陣惡寒。

陸悍驍瞬間就萎了。

陳清禾：「……」

打臉原來是這麼爽的事。

兩公尺遠的陶星來，此刻悠悠哉哉地纏著周喬聊天。

「妳一定覺得我很眼熟，畢竟我演戲呢，電視劇可多了。」

周喬攏了攏耳邊碎髮，略為尷尬，「我平時不怎麼追劇。」

「那妳看電影嗎？」

「英美劇都還行。」

周喬心裡還納悶，這是明星？除了長得白嫩帥，一點印象也沒有。

陶星來雖然不紅，但他的心理調節能力相當強大，覺得自己總有一天可以拿影帝。

這種信心，市面統稱為莫名其妙。

「妳叫周喬？喬是哪個喬？〈趙州橋〉的橋嗎？」陶星來特別能聊，「說起〈趙州橋〉，我小學背誦這篇課文，老師可是當著全班同學的面表揚我呢。說我發音超好聽，以後一定能上電視晚上七點的全國王牌節目。」

「……」

那您這位老師改行算命，肯定一天就破產。

周喬不失禮貌地微笑，「不是大橋的橋，是小喬的喬。」

「那不都是一樣嗎，大橋小橋都是橋。妳也太謙虛了呢。」

陶星來的腦迴路異於常人，還特別熱情，「聽陸陸哥說妳準備考研究所，也要注意放鬆，如果妳想要明星簽名照，可以隨時聯絡我，對了，我們互相加個好友唄，我覺得妳的皮膚超好，沒事我們能傳傳語音，我教妳長高，妳教我護膚，友誼就是這麼活到一萬歲的。」

周喬覺得此人真的太好玩了，年輕顏值高，男生的臉裡也很難找出他這麼巴掌小的，五官一撐開，太賞心悅目。

陶星來：「妳是考研生，考考妳的記憶力，我的帳號號是一七三XXX，麻煩妳腦存一下。」

周喬被逗得不行，笑臉如花開。

而不遠處的陸悍驍，眼睛都快著火了。

這兩人什麼時候勾搭到一起的！肩並肩坐在泳池邊，男帥女美關鍵是都年輕，一點也不老！

他瞄了有兩三分鐘，隱約聽到帳號幾個字，火氣蹭一下飛起來。

陳清禾嚇了一跳，「你幹什麼，這速度是凌波微步嗎！」

還沉浸在友誼萬萬歲美好憧憬中的陶星來，完全沒察覺到危險臨近。

「我跟妳講哦，我們的化妝師特別厲害，以前是幫死人化妝的，資歷很老了。」話到一半，陶星來感覺背後有人，仰起頭一看，「嗨，陸陸哥，咦？你的臉色好時髦哦，是時下最流行的奶奶灰呢。」

陸悍驍陰沉著眼神，負手環胸冷聲一笑，然後抬起右腿，對著陶星來的肩頭輕輕一踹。

「哎呦我的媽！」

陶星來一陣慘叫，緊接著水花「噗通嘩啦」跟原子彈爆炸一樣。

影帝落了水，心情可傷悲，濕漉漉地水中怒罵，「陸陸哥你太犯罪，好後悔認識你！」

周喬也嚇了一跳，「你幹什麼啊？」

陸草包不爽了，「妳在質問我？妳有什麼資格質問長輩啊？你們年輕人就是輕浮。」

周喬皺眉，「你又怎麼了？」

「又？」難道在妳心裡，我就是個變幻多端的神經病患者嗎？

陸悍驍難以解釋這種情緒轉變，很難受，很無奈，還有一絲不甘心的憤怒。這些因由夾雜在一起，便成了一團稀泥，千思萬緒理不出頭目。

於是，他靜悄悄地沉默了。

無辜落水的陶星來不服氣，「你知道我姐夫是誰嗎？我姐夫是混黑社會的！」

陸悍驍淡淡地瞥他一眼，「哦，我好怕哦。」

陶星來眼尖，對著門口一指，興奮尖叫：「我姐夫！姐夫救我！」

賀燃旁邊還跟著一美女，兩人手挽手親密虐狗。

聽見呼喚後，簡皙欲鬆手，被賀燃一把拉住，「要弟弟不要老公？嗯？」

然後手一揮，敷衍地跟兄弟們打了聲招呼，就和老婆去鴛鴦浴了。

「天啊，太殘忍了吧。」陶星來要哭了。

陳清禾跳下水，「陶弟，我陪你。」

「你一身肌肉亂炫耀，我嫌棄。」陶星來游了好幾公尺遠，不高興。

後來又來了幾個朋友，人都到齊了。

時間尚早，天氣炎熱，大家先往游泳池裡下餃子，一個個游得歡快。

陸悍驍一個人默默練習著游泳，誓要挽回旱鴨子的尊嚴。他不跟周喬主動說話，卻還是有一下沒一下地往周喬身邊靠，游過她的時候，故意加大動作，浪起巨大的水花。

周喬看在眼裡，笑在心裡。

這男人真是……可愛得犯規了。

周喬往水裡一探，完全舒展地游了過去。

陸悍驍渾然不知，還在努力地練習動作，「嘿咻，嘿咻，嘿咻。」

周喬溫淡的聲音近在身邊，「腿張開的角度太小，沒放開。」

陸悍驍猛地回頭，什麼時候游過來的！

周喬對他的高冷視而不見，在水中和他面對面，「你的腿要打開一點，不然會覺得身子很重往下沉。看我的。」

她示範起動作，身體纖長十分好看。

陸悍驍的目光不由自主地隨心而動，落在她光潔的腿上。甚至有一刻他可恥地想，周喬該不會也和自己一樣，內側也有一顆痣吧！

這個想法讓他瞬間沸騰，甚至安慰自己，有了光明正大打量她的理由。

水裡波光濛濛，看得不清楚，陸悍驍心裡卻起了顯而易見的變化。平日的玩心和熱情悉數退場，男人的認真和欲望逐漸顯山露水。

遠處，陳清禾的聲音大，叫喚道：「悍驍，帶著周喬來玩啊！」

這一打岔，讓陸悍驍神魂復位。他壓下內心的躁動，僵硬地應了一聲，「就來。」然後喊周喬，「陳清禾叫我們過去。」

這群人在一起就喜歡玩鬧，這次又到了傳統節目——游泳比賽。

「老規矩啊，輸的拔腿毛！」陳清禾點了點數，「我們九個人，拔九根。女生不用受罰。」

泳池中央有娛樂設施，充氣的城堡滑梯之類，小孩比較多。

「終點就在那，誰最先到誰就贏。」陳清禾指著賀燃，「混社會的給我們當裁判。」

陸悍驍是典型的急功近利想表現，這可是他一雪前恥的最好機會。剛學會新技能，看誰都是小垃圾。

一聲令下，群魔亂舞，姿勢花樣百出。

蝶泳、仰泳、蛙泳都比不上陸悍驍的狗爬式。

「喂！你們游得也太快了吧！」陸悍驍被打臉，力不從心地揮舞臂膀，陳清禾那個小王八蛋，泳褲的線頭都裂開了！

九個人比賽，陸悍驍落後第一名三十公尺。

不認輸，不服氣，老天爺你誇誇我。

「驍兒，你的姿勢跟你的顏值成正比！」

「你的肱二頭肌閃著詭異的光芒可迷人了呢！」

「驍兒，我要為你的碎花泳褲打 call！」

好兄弟口才一個比一個了得。

陸悍驍泡在水裡，費力地游，你們這群辣雞，老子出淤泥而不染！

游泳池內，我最閃亮，全場焦點，誰與爭鋒。

群眾們也都過來圍觀，笑得好不開心。

雖然有點丟臉，但半途放棄也不是好漢啊。陸悍驍邊游邊後悔，早知道就不湊熱鬧了。

就在這時，不起眼的岸邊一角，安靜注視許久的周喬毫不猶豫地魚躍入池。

她三兩下游到陸悍驍身邊，鑽水而出，濺了他一臉小水花。

陸悍驍費力地大喘氣，一臉癡漢，天，美人魚呢！

周喬眉眼溫和從容，有著一股悄然安定人心的力量。她的聲音輕，對陸悍驍說：「別怕丟臉，我陪你。」

一句我陪你，讓陸悍驍心裡的血管神經山崩地裂。

見他發呆，周喬在水裡，用腳尖蹭了蹭他的腿，「專心點，好好游。」

於是，接下來的一百公尺，周喬始終以可見的距離跟在陸悍驍身後。哪怕他游得再慢，再難看，她都鼓勵著，並在他穩不住的時候，柔聲慢調地提醒動作要領。

一段死撐尷尬的旅途，有了周喬的捨身相陪，竟變得溫柔動人。

在游到終點的那一瞬間，陸悍驍甚至奢望，時間就停在這一刻吧，永遠不要到頭。

口哨和掌聲齊飛，陳清禾瘋狂為他打call，「驍兒，天啊，你竟然不是最後一名！」

是周喬，從一而終，甘願跟在他後面。

她浮在水裡，對陸悍驍笑得燦爛，俏皮地撩起水，水花往他臉上濺。

「恭喜你啊，沒有輸呢！」

水紋暈染，每一顆水珠都包裹了陽光閃閃發亮。

陸悍驍看呆了，周喬的笑臉，撞進他跳動的眼睛裡，幻化成明晰的歡喜。

就像一個開關，串聯起往日種種細小末節，此刻開關通電，他的生命明亮起來。

陳清禾他們又去玩別的設施了。

泳池這一角，宛若只剩方寸天地。

陸悍驍緩緩低下頭，然後深吸一口氣。再抬眼時，他堅定地向周喬游去。

「……」

大哥你這麼嚴肅的模樣會嚇壞小女生的。

周喬緊張地看著他，「你怎麼了？」

下一秒，陸悍驍貼近她，輕而鄭重地在她右臉頰親了一口。

周喬呆住。

這是……懲罰嗎？

而隨心而動的陸悍驍，大鵬展翅一般往深水區一撲，整個人埋進了水裡。

水面「呼嚕呼嚕」冒著換氣的小氣泡。

一分鐘後，陸悍驍終於堅持不住地冒出水面大口喘氣，喘夠了，他滿臉通紅地望著周喬，像個犯了錯的小學生，「上次那個問題，可不可以重新回答？」

周喬眼神飄忽不定，「嗯？」

陸悍驍沉住氣，認真道：「妳問我，是不是喜歡妳——我現在告訴妳。」

話沒說完，這次換成周喬，「咕嚕」一聲連人帶頭地躲進了水裡。

「……」

天，刺激過頭了。

周喬憋在水裡的時間比陸悍驍要長。

她的幾縷頭髮飄在水面，戰戰兢兢地左搖右擺。

糟糕，陸悍驍游過來了。

周喬看著他的兩條大長腿靠近，心慌得要命。天，她做錯了什麼，老天要如此懲罰她。

陸悍驍雙手環胸，目光無措地垂在水面。

「妳起來。」

「……」

他擰眉，「妳出來啊。」

水面連冒幾串泡泡，彰顯著周喬最後的倔強。

不用回答了，這反應已經相當於捅了陸悍驍三刀。

他語氣無奈，放低態度說：「周喬，憋得不難受啊？出來行不行？」

不行也得行，因為她已經撐不住了。

周喬破水而出，稀哩嘩啦濺得陸悍驍一臉水花。兩人濕漉漉的，大眼瞪大眼。

周喬尷尬地扯了下嘴角，嘴唇微漲，欲言又止。

鬱悶過了，陸悍驍的復原能力特別強，他好笑地望著她，「好歹住我的、吃我的、用我的，妳這反應，怎麼，我不要面子的啊？」

「……」周喬的表情擰成一團，不知所措。

陸悍驍的眼睛眨了眨，敗下陣來，「好吧，妳可以不給我面子。」

周喬緩緩低下頭，應了聲，「嗯。」

這個「嗯」是什麼意思？

陸悍驍也低下頭，抬眼小心翼翼地問：「是不是被嚇到了？」

周喬沒猶豫，點了下頭。

「被嚇到就對了。」陸悍驍小聲說：「總不能讓哥一個人難受。」

周喬的心跟風鈴似的，撞出清清脆脆的動靜。

陸悍驍又說：「我這個人挺直接的，想做什麼就去做，為人處世也放得開。」到此，他微微停頓了一秒。

周喬內心無比認同，他一停，她也跟著揪心。

陸悍驍的臉湊得更近，聲音也更沉了，那感覺像是蒸騰的水汽，灼熱而細密地撲向周喬的五官。

「說得有些冒昧，場合也不太鄭重，但我不是一個能拿感情藏事的男人。」陸悍驍已然歸於平靜，他看著她，「喬喬，我挺喜歡妳。妳安靜淡然，跟妳在一起很舒心。」

周喬覺得自己置身的不是清涼游泳池，而是沸騰的大水鍋。

「好了，我的話說完了。」陸悍驍往後挪開小半步，自己也長長吐出一口氣。

「這個表白，是不是很差勁？」他自言自語道：「能打幾分啊？完了完了，怎麼沒用上幾個比喻排比，再加一點名人名言呢，悔死！」

「……」

這次周喬沒忍住，嗤聲笑了出來。

一見她笑，陸悍驍如釋重負，「還好還好，沒被我嚇傻。」

周喬笑意更深，終於敢抬眼看他。

陸悍驍舌尖抵了抵嘴唇，發現新大陸似的，興奮道：「妳臉紅了？」

周喬回敬，「你的臉也沒白多少。」

話落音，兩個人相識一笑，尷尬的氣氛悄然緩解。

陸悍驍撓了撓鼻尖，不太死心地求證，「那妳是怎麼想的？」

周喬垂眉斂眸，冷靜地回答：「陸哥，我……」

「等等！妳先別說話！是我大意了！」陸悍驍緊張得腦袋頂冒汗，害怕聽到答案，「是我不對，沒給妳考慮的時間，妳先別急，慢慢想，全方位地想，想清楚了再告訴我。」

周喬剛想開口。

陸悍驍一個凶猛轉身，「哐」一聲把自己砸進水裡。他游得比任何一次都要快，不給周喬當場拒絕的機會。

遠了，聲音才傳來，「好好想啊，哥的優點很好找！我讀書多，不會騙妳的！」

周喬靜靜杵在池中央，看著陸悍驍逃也似地上岸，低頭驀地失笑。

還真是，清新別致的表白呢。

第九章　傷心太平洋

雞飛狗跳的下午結束後，兩人回了公寓。

齊阿姨正在打電話，看那唐僧念經的語氣，對方一定是她正在本市念大三的乖巧兒子。

周喬和陸悍驍一前一後進門，換鞋的時候兩人之間隔著三公尺遠。

陸悍驍彎腰，從鞋櫃裡先拿出周喬的拖鞋，無言地放在她面前，再拿出自己的，隨便一套，便悶聲回臥室關緊了門。

齊阿姨打完電話出來，「我留了雞湯給你們，悍驍呢？」

「進房間了。」周喬放下東西，說：「齊阿姨，我有點累，先去休息了。」

「呃。」齊阿姨看著左右兩扇緊閉的門，納悶，「兩人做了什麼，竟然同時身體疲累？」

她敲了敲陸悍驍的房間門，「悍驍，喝不喝雞湯？放了大紅棗的哦！」

裡頭，陸悍驍在床上躺屍，一聽雞湯，不吉利，這個時候，送什麼心靈雞湯，一看就是人生失敗需要安慰。

「齊阿姨，我不吃，您自己多補補。」

拒絕後，他翹起二郎腿，欣賞著自己的海綿寶寶五趾襪。

越想越不放心，也不知道周喬聽進去了沒，走前他可是再三交待，讓她好好想。

「不行！」陸悍驍猛地起身，盤腿打坐，「讓她想哥的優點，可別想偏題了。」

陸悍驍拿起手機，嚴肅地打開，正經地寫起了訊息——

『喬喬，不知道妳考慮得怎麼樣。無意催促，主要是與妳分享一下我的看法。』

『首先，我是毋庸置疑的帥，大眼睛，眼皮還是雙的，鼻梁巨挺。面相學上有一種說法，鼻子好看的人，運氣不會太差。』

陸悍驍打字飛快，感人肺腑。

『其次，我四肢健全，身體健康，每天堅持鍛煉，一週兩次私教塑身，這一點，妳在游泳池已經摸過了我的腹肌，想必深有體會，肌肉硬邦邦所說不假。面相學上還有一種說法，腹肌好看的人，運氣不會太差。』

『最後，我的性格開朗活潑，路子野，心靈純情，人品頂尖，二十九年守身如玉，潔身自好。雖然我的實戰經驗比較欠缺，但影片資源很多。面相學上有一種說法，資源多的人，功能也不會太差。』

陸悍驍太投入，所寫即所想，全部傳送給周喬。

傳完才發現，「天！最後一句寫錯了！」

『等等，是資源多的人，學識不會太差！不是功能啊喬喬！』

陸悍驍接近崩潰，這個解釋似乎更要人命。

他瘋狂搥床，「老子性功能沒有障礙啊！」

而另一間臥室，周喬捧著手機，已經笑到不行了。

她一個字一個字看得認真，表情從尷尬變成燥熱，最後升級成哭笑不得。

對方顯示正在輸入。

陸悍驍傳了一個「可憐可憐我」的貼圖過來。

周喬笑容漸凝，回想一下兩人相處的點滴，雖然到最後快樂比較多，但她還是不敢往這方面考慮。

兩個人萍水相逢，天壤之別，時間短促，哪怕有真心，也著實不牢靠。

周喬是一個理性大過感性的人，她性子沉，能分清輕重緩急，揀出中心思想，最後把事情始末進行精算推演，她和陸悍驍——想想都不可能。

所以這一次的意外被表白，雖有小水花灑在心間點點清涼，但一瞬即逝，沒能留下驚濤駭浪。

周喬握緊手機，沒多猶豫，起身拉開房門。

敲門的時候，陸悍驍還在懊惱搥床。

隔著門板，周喬聽見裡頭傳來「咚咚咚」的悶響。

力氣再大一點，彈簧都能被搥斷吧。

周喬再敲，加重了力道。

陸悍驍連滾帶爬連鞋都沒穿，「來了來了！」

他手放在門把上，抓緊時間抹了抹頭髮，然後深吸氣，把門打開。

周喬抿嘴笑了笑，陸悍驍趕緊讓出路，「進來坐。」

這是周喬第一次正式踏進他的房間。

寬敞夠大，傢具樣式也簡潔，靠窗的位置還擺了一臺跑步機。

陸悍驍輕輕闔上門，看著她的背影，心裡沒任何把握。

「我不只有跑步機，床頭還放了杠鈴呢，沒事健健身，很注意養生。」陸悍驍用熱情壓制緊張，還去拉開櫃子，「給妳看看啊，可多了。」

「乒哩哐噹」金屬響，天啊，這都是什麼啊！

一抽屜的鐵錘、扳手、長刀，危險器具相當閃瞎眼睛。

「……」

「……」

氣氛很僵硬。

陸悍驍嘴角抽搐，腦門冒汗，著急解釋，「這是上次陳清禾打架鬥毆放我這的，他是個壞蛋，我跟他不是一掛的。」

見周喬一臉無語，陸悍驍抽出那把長刀，「這個是切西瓜用的！」

周喬手在半空柔柔一抬。

陸悍驍知道自己可能要完蛋，他負氣地說：「還可以用來切腹。」

那視死如歸的眼神，挑釁地表明著，如果妳不愛我，我就死給妳看。

周喬表情淡淡，很平靜，她說：「陸哥，對不起了。」

三個字，穿腸毒藥啊。

陸悍驍兩眼一黑，想暈。

拒絕總要有點說辭，周喬很直接，「我現在不想分心，年底要考研究所，挺沒把握的。」

陸悍驍鬱悶死了，「考上了，妳能答應我嗎？」

「不能。」周喬目光坦蕩蕩，「陸哥，我們年齡差的有點大。」

所以，閱歷、經歷、眼光、觀念，肯定都會有差異。不要因為一時的歡喜，耽擱長久的以後。

但陸悍驍卻理解成，她！嫌！他！老！

憤懣和不甘脫口而出，「差七歲而已！面相學上說，男大七，最夠力！」

「……」

今天面相學揹了太多黑鍋。

「妳怎麼可以不喜歡我啊，我傳給妳的訊息看了沒？那麼多優點，妳打擊死我得了！」

陸悍驍把長刀丟在地上，「妳不給我面子，我就要鬧了！」

周喬被他嚷得有點心虛，強裝鎮定，「陸哥，對不起。如果我住在這裡，影響到你的生活，我願意搬走，給我三天時間找房子。」

一聽這話，陸悍驍怒吼，「誰讓妳搬走了！妳威脅我是不是，老子都習慣有妳了，說走就走，不准！」

周喬畏懼地往後退了一步。

這個動作讓陸悍驍的火氣瞬間降溫，有氣沒處發。

最後，他苦著一張臉，妥協輕聲說：「我不煩妳了，妳別走，好嗎？」

周喬的心微微一動，兩難的念頭莫名其妙冒了出來。

陸悍驍垂頭喪氣，盯著自己的海綿寶寶五趾襪，耍脾氣一般，「我再也不穿它了。」

「……」

此刻多說多錯，周喬穩住心神，點了點頭，「嗯。」

然後就退出了房間。

門一關，陸悍驍蹲在地上抱住膝蓋。

活了二十八年半，男人魅力第一次受到羞辱，死了算了。

告白失敗，身心俱損。

陸悍驍始終想不明白，周喬怎麼能不喜歡他呢？

越想頭越疼，他翻身跳下床，開始翻箱倒櫃。

陳清禾那個小畜生說得沒錯，他的確有許多特殊嗜好，其中之一就是愛買內褲。叫得出的品牌，就沒他買不到的。

陸悍驍把這些寶貝都搬出來，然後在他這張兩公尺寬的大床上，用內褲擺了一個巨大的「喬」字。完了還覺得不夠，又在「喬」字周圍圈了一個愛心的形狀。

陸悍驍站在高處，對著「唠擦」一拍，直接傳原圖到「撐起我市一片天」的兄弟群組裡。

群組裡瞬間炸開——

賀燃：『哈哈哈！』

陳清禾：『哈哈哈哈！』

陶星來：『我新來的，是直接笑嗎？』

陳清禾：『不是，要排隊笑，你來得太晚了，先給你一個笑的號碼牌。』

陸悍驍靜靜地看著群組裡的哥們，然後回了一句——『正式宣布，老子要開始追女人了！』

群組裡集體傳了蠟燭。

陸悍驍謙虛請教，『歡迎大家出謀劃策，被採納者，贈送開過光的內褲一件。』

陳清禾：『驍兒，穿上野性豹紋三角褲，還要緊身的那種，在喬喬面前跳豔舞，就憑你這身材，是人看了都想上。』

陸悍驍：『滾蛋，喬喬也是你能叫的？』

凶歸凶，他還是抓緊了手機，躺床上眼珠一轉，心想，陳清禾雖然是個垃圾，但出的這個主意，好像還挺不錯。

陸悍驍猛然搖頭，打住、打住，這種下流的、不要男人尊嚴的行為，他堂堂上市公司老總陸悍驍能做？

嗯，當然是能做的。

陳清禾的餿主意很誘人，陸悍驍也的確動了心思。

他們這群人都有一個共同點，就是迷之自信，沒事喜歡脫個上衣比腹肌，塊數不夠硬度來湊，第一名總是賀燃，沒辦法，混社會的，老天爺賞飯吃。

陸悍驍長得一表精英，身上也有點肉，實力強的人最愛亂炫。

他站在床上，從那個巨大的內褲愛心「喬」裡，挑了又挑，最後選中一件帶點壞壞氣質的彩虹三角褲。

陸悍驍把它在胯間比劃，對著鏡子還扭了扭屁股，突然覺得索然無味。

周喬那麼高冷，怎麼可能看得上這種低俗誘惑，萬一印象更差，他死了算了。

陸悍驍心灰意冷極了，打開群組，問道：『兄弟們，有什麼追女孩的良策？』

陶星來回得最快，『送她一朵小玫瑰，荷蘭進口的最貴，再來一個單膝下跪，大家說我對不對？』

陳清禾：『對你個鬼。驍兒，你不跳豔舞了？這事賀燃有經驗，你問問他。』

賀燃：『收費，一百塊一個標點符號。』

都在瞎說呢。

陸悍驍丟了手機，雙手枕著後腦勺，盯著天花板放空。

他翻了一面，又回想了一遍周喬拒絕的那番話，打擾她考研究所，還嫌他年紀大，有理有據太冷了。

陸悍驍捂住自己的胸口，皺眉痛苦地講臺詞，「我的心好貴，妳還讓它碎。」

講完之後覺得挺押韻，於是笑得在床上打滾，滾完覺得不解氣，拿起枕頭就往牆上砸，「臭周喬，壞女孩，太狠心了，老子的陸寶寶今天還漲停了呢，妳憑什麼看不上老子！」

代入感太強烈，覺得砸得有點凶，枕頭會疼，於是陸悍驍又盤腿坐在床上，將枕頭抱懷裡撫摸，「喬喬對不起，弄疼妳了吧？哥親一口別哭了。」

他把臉埋在枕頭裡，瘋狂地拱啊拱，拱得屁股都翹起來了，最後「哐唧」一倒，整個人癱在床板上，簡直是傷心太平洋呢！

更慘的還在後面，第二天起床，周喬的態度明顯疏遠。

陸悍驍早上特地賴床不出來，幻想著齊阿姨派她來叫床，結果半天沒動靜，最後實在快遲到了，他才灰溜溜地出來吃早餐。

吃早餐也很詭異，周喬平靜的像是什麼也沒發生過，一口一勺小米粥吃得很漂亮。

齊阿姨心細如髮，驚訝道：「悍驍，你怎麼喝個八寶粥還翹起了蘭花指呢！」

陸悍驍才不理，小指頭翹得更高了。

用這樣的方式吸引周喬的注意，也是幼稚到沒救了。

齊阿姨收拾碗筷，人一走，陸悍驍就隔著桌子尬聊，「我今天穿的襯衫好不好看？」

周喬喝粥的動作一頓，輕輕掃了他一眼，「嗯，粉色挺適合你的。」

一點也不熱情，陸悍驍擰眉，提高聲音，「我可是要穿著它去開會的哦！」

「哦。」周喬放下碗勺，「我吃完了，你慢吃。」

陸悍驍看著她的背影，生氣地把勺子往桌上一摔，「不吃了！」

齊阿姨聞聲而動，從廚房衝出來，「不吃啦？太好了，就等著你了，可別耽誤我跳廣場舞。」

這位齊阿姨，您補刀很有一套啊。

陸悍驍委屈得要命，風風火火地起身回臥室，換了一套正常的商務西裝，灰頭土臉地出門上班了。

房裡的周喬，聽見關門的動靜後，悄悄放下了鋼筆。

她垂眸，指甲摳著自己的指尖，剛才的小米粥明明是甜的，這一刻怎麼嘴裡是苦的呢。

她搖了搖頭，從抽屜裡拿出一顆牛奶糖塞嘴裡含著，然後繼續看書。

家裡沒人吵鬧，效率特別高，周喬把社會學概論複習了一遍，還做了兩張練習卷，眨眼到了晚飯時間。齊阿姨對雞肉深深著迷，每天換著花樣做雞吃。

「喬喬，兩隻雞腿妳都要吃完，雞湯可鮮了快嚐嚐。」

周喬幫著盛飯，問道：「不用等陸哥嗎？」

「不用了。」齊阿姨說：「他下午打電話給我，說出差了。」

周喬停下動作，抬起頭，「出差？」

「對，去杭州，要六七天吧。」

出去這麼久啊。

周喬低下頭，看著碗裡的飯粒，心跟電梯故障一樣，猛地墜了一下。

齊阿姨覺得挺正常，「別看他現在清閒，早些年可忙了，那時他還住在陸家老宅，應酬起來天天喝酒，把胃喝壞了，陸老太太養了兩年才讓他好一點。」

周喬想起上次陸悍驍吃朝天椒吃到住院，原來是早有病根。

「聽陸老太太說，悍驍小時候就招人喜歡，嘴巴甜，待人又有禮貌，性格十分好。」齊阿姨感嘆道：「只是不知道為什麼，他不怎麼談戀愛，就喜歡和清禾那群孩子一起玩。操碎了心哦。」

齊阿姨靈光一閃，捂住臉驚恐道：「天啊！喬喬妳說，他該不會是有什麼特殊傾向吧？」

「不會不會！」周喬下意識闢謠。

「咦？」齊阿姨眨眨眼睛，純情無辜地望著她。

意識到露餡，周喬臉跟燒著了一樣，強裝鎮定，埋頭喝湯。

就這麼過了三天。

杭州的子公司新辦公大廈圓滿竣工，本來這事不用陸悍驍特別跑一趟，但他是個小公主，要讓周喬體會一下什麼叫愛的思念。

「在的時候不珍惜我，人沒了，妳肯定會想死我。」

陸悍驍的這種自信，市面統稱為瞎說。

用一天的時間參加了典禮，剪了個彩，之後陸悍驍去遊西湖，哭雷峰塔了。他時刻盯著手機，把周喬設為特別關注，永遠躺在他好友列表的第一位。

位置是好位置，只是沒半點動靜，出來七十二小時，一則訊息也沒傳過。

陸悍驍坐在咖啡館裡，鬱悶得要命。

服務生熱情地問：「先生，需要喝些什麼？」

陸悍驍悶悶不樂，「有沒有檸檬茶？」

「抱歉，我們這裡只有咖啡哦。」

「那我不喝了。」本來晚上就睡不著，還喝咖啡真要命。

咖啡館門口掛著一本漂亮的「顧客意見簿」，走之前，陸悍驍在上面留了言：「建議增加新品種檸檬茶，因為一杯檸檬茶，爽過吸雪茄。」

走出店門，站在街頭，陸悍驍緊緊抱住自己。

出來這麼久，想必周喬那丫頭肯定認清了自己的內心，現在一定後悔到不行。

陸悍驍驕矜地揚起下巴，心想，別對女生太殘忍，差不多得了，我還是回去吧。

於是，陸悍驍訂了下午最早的航班，抓心撓肺地返程拯救落寞少女了。

齊阿姨最近廣場舞跳得很有進步，心情美麗。

「沒有悍驍在家，舞步都學會了，他飯吃得多，每次都要煮一鍋，這幾天我可輕鬆，過得太舒服了。」

周喬放下書本，深有同感，「嗯，家裡沒那麼吵，我試卷做了一半，正確率不錯。」

齊阿姨來了興致，「喬喬，我跳一下我們隊最新的舞曲給妳看。」

周喬笑著站起來，「好啊，什麼曲子？我拿手機放。」

這時，齊阿姨的電話響了。

「等等啊。」齊阿姨快步去房間，舞蹈鞋都拿出來了。

周喬剛打開音樂軟體，就聽到齊阿姨驚慌失措的聲音從房裡傳來。

「什麼？好，好，我馬上就過去！」

她神情焦急，跌撞著就要出門。

周喬趕緊攔住，「齊阿姨，怎麼了？」

「我兒子被打了！」齊阿姨慌張，握著電話的手在發抖。

周喬扶住她的肩膀，「您別急，人在哪裡？」

齊阿姨驚慌失措，把電話裡的說辭重複了一遍。

她兒子在本市一所大學讀大三，老實聽話，不是調皮的男孩子，兩個小時前卻和外校社會人士打架鬥毆，竟是為了一個女生爭風吃醋。

周喬聽明白了，鎮定地說：「有多少現金都帶上，阿姨您別慌，我陪您一起去。」

出事的地方不算近，兩個人搭車花了四十多分鐘。

到醫院，齊阿姨的兒子滿臉血正在縫傷口。

「小梁，哎呦我天啊，怎麼傷成這樣了！」

血糊了一臉，男生的五官看不清，但身材中等，衣著樸素，看起來像個老實孩子。

小梁顫顫巍巍地喊了一聲，「媽。」

齊阿姨圍著他打轉，急得眼淚都快下來了。

這時，旁邊傳來一道凶悍的聲音，「妳就是他的家長？」

周喬站在門口，循聲望去，五、六個穿著黑背心的年輕人，說話的那個手臂上還刺滿了米老鼠。

齊阿姨是關心則亂，語氣不善，「你們都是什麼人啊！」

刺青男尖著聲，「妳兒子，打我弟兄，斷了骨頭，醫藥費麻煩交一下。」

「媽，是他們先動手的！」齊阿姨兒子情緒激動，「是他們騷擾何雨！」

「臭小子，你想當英雄出頭，也不問問，何雨是我女朋友，你管得著嗎？」

「她不是你女朋友！」小梁一臉血地怒吼，「你死纏爛打，根本就是敗類！」

「媽的你想死是吧！」刺青男怒氣騰騰地竟要向前。

周喬和齊阿姨攔在前面，「幹什麼，你們要幹什麼！」

周喬把齊阿姨護在身後，冷靜地說：「打人是雙方的責任，你說你朋友被他打斷了骨頭，好，那我們去派出所報案、驗傷、劃分責任，該我們賠的，一分錢也不會抵賴，但如果是你們的錯，同樣也別想走。」

刺青男被唬住愣了下，但很快凶神惡煞起來，「嘿喲，哪裡冒出來的小丫頭，嚇唬我是不是？」

周喬不退不讓，不輸氣勢，「你不理虧，怕什麼嚇唬？」

「媽的，臭小子，別以為有人給你撐腰就厲害了」刺青男指著齊阿姨的兒子，「你的學校、寢室，我都記住了！」

周喬毫不畏懼地揚聲，「你這是威脅恐嚇，是要負法律責任的。」

刺青男脾氣火爆，當著這麼多人面被一小女生震懾太丟臉，他動起了真格，作勢要去抓周喬的手！

周喬厲聲，「你要幹什麼，我現在就報警！」

齊阿姨是位猛將，大叫一聲：「啊啊！」然後一頭撲了過來，抱住刺青男的手臂把人往死裡推。

刺青男和齊阿姨一同倒地，碰倒了椅子稀哩嘩啦。

那群社會混混開始叫囂，「老東西，找死是不是？」

完了完了，周喬本能地去幫齊阿姨，「別動手！走開。」

場面瞬間雞飛狗跳，那刺青男掄起一張椅子，不分青紅皂白就要往周喬身上砸。

齊阿姨驚恐地捂住嘴，「周喬！」

危險就在下一秒，如同沸騰的水，抑制不住地往外冒。

周喬下意識地閉緊了眼睛，等著挨受這一下。

就在這時，刺青大漢突然一聲慘叫，「哎呦！」他捂著自己的臉，在原地上蹦下跳。

緊接著，陸悍驍殺身而入，手裡還舉著第二個點滴瓶，「我操你媽的！敢動老子的人！」

一支玻璃點滴囂張地從他臉上彈到地板，「碰」一聲悶響在地上滾了好幾圈。

他燥熱如火圈纏身，五官凌厲如霜，平日的溫潤和氣無蹤可尋。

周喬驚呆了，陸悍驍不是在杭州哭雷峰塔嗎，怎麼回來了？

刺青男的右臉被陸悍驍一瓶子砸得腫成了包子，戰鬥力減了一半。

陸悍驍一腳踩在他身上，「你敢再她面前橫一個試試！」

刺青男的隊友嘴上逞強，吼他，「放開他！想多管閒事是不是！」

陸悍驍踩著刺青男，勾嘴冷笑，抬起右手把點滴瓶往腳下男人的腦邊狠狠一砸。

瓶身碎裂，玻璃四濺。黑社會大哥們一個個恐懼驚叫。

陸悍驍語氣如霜降，眼眶猩紅——

「誰他媽再給老子多嘴一句，這玻璃碎渣就往他眼睛裡插！」

靜默三秒，全場無聲。

陸悍驍這才緩緩轉移目光，怒意降溫一大半，直勾勾地望著頭髮微亂的周喬。

然後怒其不爭，又心疼萬分地凶她：「妳想死啊，碰到事情了不知道打電話給我啊？」

周喬莫名眼熱，軟著聲音，「你不是出差躲我嗎，打你電話有什麼用？」

一聽那個躲字，陸悍驍心虛地硬撐，「要不是妳對我這麼冷淡，我至於躲去雷峰塔嗎。」

周喬嘀咕，「再說了，打你電話，你又不是警察。」

陸悍驍沉聲，「妳是不是不看新聞的？本市的警察大隊隊長姓陸妳不知道？」

周喬：「……」

好不容易硬漢了一次，一碰到周喬，全他媽完蛋。

陸悍驍又忍不住獻寶似的炫耀，「在飛機上我還特地為妳作了一首詩呢。」

周喬一愣，才注意到他今天穿了上次那件粉色襯衫。

只因她誇了一句，「粉色挺適合你。」

服裝搭配好了，情詩也作好了，情緒醞釀到位了，就等著愛的朗誦了。

陸悍驍一想起，就更糟心了，恨不得多踩這個刺青男幾腳——王八蛋，耽誤老子泡妞。

刺青大哥嗷嗚一聲痛叫，轉過頭，可憐兮兮地求饒：「大俠，您別踩我手臂行嗎？我這米老鼠剛刺的，您踩我的腰，腰上的海綿寶寶隨便踩。」

「……」

陸悍驍下意識動了動腳丫子。

喲呵，興趣挺一致啊。

既然都是同道中人，海綿寶寶何苦為難海綿寶寶。

陸悍驍還特地挑開刺青男的衣服下擺瞅了瞅，證明他所說不假，只是刺得不太逼真，怪侮辱海綿的。

「哥們，」陸悍驍蹲下來，吊兒郎當道：「我這小弟弟被你們揍得頭破血流，也沒占著多大便宜，你們想去派出所喝喝茶，我這還有一包上好的龍井茶葉，可以陪你慢慢品。」

「不用不用不用！」刺青男把腦袋搖成了撥浪鼓，「我這人不愛喝茶，愛喝可樂。」

喲呵，您還喜歡喝可樂？

陸悍驍差點想留個電話號碼當朋友了。

刺青男爬起來，招呼小弟，一群人就要跑路。

「等等。」陸悍驍把人叫住。

「大哥，還有什麼吩咐？」刺青男緊張兮兮。

陸悍驍從皮夾裡掏出五百塊，「一碼歸一碼，就當醫藥費。我這小弟弟還在念書，學生不懂事，寢室號、名字這些，你們就忘了吧。」

刺青男一聽即懂來自陸悍驍的警告，「多謝大俠，小的告辭。」

「你這腰上的刺青在哪弄的？」陸悍驍的話題轉變十分之快，拍著刺青男的肩，壓低聲音說：「遠看像坨屎，改天我介紹一個刺青館給你怎麼樣？」

陸悍驍的性格就是如此清奇，上一秒還短兵相見，這一秒就能稱兄道弟友誼萬萬歲了。

齊阿姨的兒子還在裡頭叫囂，「不能放他們走！」

齊阿姨過來使出一招一陽指，「你還有臉說！讓你讀書，你給我去惹混混，還讓一堆人為你操心！」

齊阿姨也是個暴脾氣，竟然脫了鞋，掄起鞋要揍他。

周喬趕忙阻攔，「別動手，他身上還有傷呢。」

陸悍驍走進來，一看這架勢喲呵一聲，「這有什麼好生氣的，這年頭，不來幾次為愛走天涯，都不叫大學生了。」

周喬腦袋冒汗地聽他胡說八道。

陸悍驍趕緊撇清，「我大學光顧著拿獎學金，從不泡妞。」

「……」鬼才信你。

齊阿姨擔憂地望著陸悍驍，「你和喬喬沒受傷吧？」

「身體一級棒。」陸悍驍拍了拍胸脯，「小時候，老爺子總愛帶我去練太極，練得我的胸肌都比一般人大。」

周喬一言難盡，默默往旁邊挪遠了點。

第十章　記住我叫陸悍驍

後來，陸悍驍硬拖著周喬出去交醫藥費，一出病房，他不爽地控訴：「妳剛才為什麼站得那麼遠？」

周喬說：「我不喜歡胸肌大的。」

「那妳也不喜歡妳自己囉。」陸悍驍丟下這話，吹著口哨先走一步。

待周喬反應過來，下意識地低頭，臉瞬間紅成朝霞。

論不要臉，你真的是無人能及。

醫院忙完，陸悍驍把齊阿姨的兒子送回學校，齊阿姨還擔心著呢，說是陪陪他，等等自己坐地鐵回來。

周喬一聽，不要啊，她不想和胸肌大的男人獨處！

陸悍驍不在乎，晃了晃車鑰匙，「走啊。」

然後轉過身背對著，嘴角上勾，透著得意。

「進了校園，感覺人都年輕了一輪呢。」陸悍驍把車停在門口，所以兩人要步行出去。

周喬皺眉，「一輪是十二歲，你確定？」

「怎麼？質疑我啊？我不像十六歲嗎？」陸悍驍慢下來等她，「欸？妳離我那麼遠幹什麼？」

周喬伸出兩根手指，比了個數字，「兩公尺距離，安全。」

陸悍驍盯著她如蔥的指尖，挑眉，然後也伸出兩根手指，和她指尖碰指尖，配音道：「滴——通電。」

周喬一愣，手都忘了收回。

陸悍驍笑得溫柔，直接勾住她的食指，不放過任何一次機會。

「十六歲的男孩子需要一個女朋友，這樣才拉風。」

這時，迎面走來一個胖胖的學生，開口就是：「叔叔！請問逸夫樓怎麼走？」

陸悍驍臉都僵了，脖子跟螺絲鏽掉一樣，極緩慢地轉過去，皮笑肉不笑地扯了一下嘴角，「你叫我什麼？」

胖學生隱隱覺得不妙，眨眨眼睛，一溜煙跑開了。

「上來就亂認親戚，你胖你有理啊。」陸悍驍心煩，再一看周喬，「妳還笑。」

兩人的手已經鬆開，周喬撓了撓鼻尖，「嗯，不笑了，叔叔。」

陸悍驍的鬱悶來得快，去得也快，他很快調整好心情，說：「我餓了，想吃宵夜。」

學校附近的小吃店最多，五花八門什麼都有。哪裡人多就往哪湊，陸悍驍看上一家麻辣燙。

一個長方形的大鐵桌，中間兩大盆一鍋燉，客人圍著桌子坐，想吃什麼拿什麼。

陸悍驍沒吃過，倍感新鮮，「這個一串串的是什麼？」

周喬說：「海帶。」

「這個呢？」

「蘑菇。」

陸悍驍一拿一大把，周喬制止，「欸，你吃得完嗎？」

「吃不完也沒事，什麼都沒有，就錢多。」陸悍驍用筷子剔下一顆蝦丸，夾給周喬，「我有兩顆蛋蛋，分妳一顆，吃了我們就能一起修仙了！」

「……」

你說話能不能別這麼下流。

陸悍驍故意的，又夾了一根火腿腸給周喬，「把我最愛的東西送給妳，妳可以慢慢品嚐，畢竟它有點長。」

「……」

再這樣亂說話，我就要報警了。

周喬腦袋冒汗，轉移話題地招呼老闆，「幫我下個麵。」

陸悍驍一聽，差點沒鼓掌，「太棒了，喬喬下麵給我吃，我一定把麵條吃光光。」

周喬起身就去捂他的嘴，臉紅道：「你亂說什麼啊！」

陸悍驍被她撲得身體往後仰，眼裡蓄滿笑意，含糊不清地說，「吃個麵還要被打，喬喬妳這個悍婦！」

周喬把他的嘴捂得更緊，陸悍驍伸出舌頭，在她掌心輕輕黏黏地舔了兩三圈。

周喬一怔，逃也似地把手挪開，掌心握得死緊。

陸悍驍沒事人一樣，垂涎欲滴地問老闆，「麵條下好了嗎？餓死我了。」

「來了來了。」老闆技術超高，一瓢倒進他的塑膠碗裡。

陸悍驍撒了點蔥花，吃得津津有味，念念有詞，「又滑又有彈性，湯汁還特別多，太好吃了呢！」

周喬低著頭，用筷子挑著碗裡的火腿腸，心跟火苗燒起來一樣。

一頓麻辣燙能吃到兩百塊錢，陸悍驍的胃也是名不虛傳。

回公寓後，周喬顯然在生氣，一路上沒和他說半句話。

「怎麼了？麻辣燙沒吃飽？」陸悍驍把人攔在臥室門口，有點想笑，「沒吃飽，哥再帶妳出去吃，發什麼脾氣呢？」

周喬：「我沒發脾氣。」

陸悍驍：「進門時妳狠狠踩了我的拖鞋一腳，別以為我沒看到。」

周喬：「你的拖鞋擋我的路了。」

陸悍驍個頭高，微微低下頭，笑她，「踩完之後解氣了嗎？要不要再踩兩腳？」

他伸出自己的右腳，灰藍相間的布拖鞋搖了搖，「順便欣賞一下哥的襪子吧，今天也是海綿寶寶哦。」

周喬飛起就是一腳，毫不留情地踩了下去，還帶了空中助跑。

「哎喲我靠！」陸悍驍疼得臉色發白，捧著右腳單腿跳，「妳真的踩啊！今天妳還吃了我的蛋，有沒有良心！」

周喬冷冷望之，「良心被狗吃了。」

陸悍驍眨眨眼，神色無辜，「我沒吃啊。那現在來吃吃看。」

為了占便宜，當條狗有什麼關係，陸悍驍作勢要往她胸口蹭。周喬嚇得尖叫躲開。

陸悍驍一瘸一拐學狗叫，「汪汪汪。」

周喬舉起手哭笑不得地揍他，「你這人真是……」

「說了的話不許反悔，今天妳不給我吃一口，老子馬上就辦了妳！」

周喬狠狠推開他，「我真的生氣了！」

甩下臉色，她轉身就走。

陸悍驍一看不對勁，急忙改變戰術，表情一變，就這麼往地上一倒，痛苦地直嚷嚷，「好疼啊，哎喲，好疼！」

周喬被他逗得渾身燥熱，假裝沒聽見。

陸悍驍聲音更大，「我的腸胃，哎，抽筋了，疼。」

一聽是腸胃，周喬有點心軟，難道剛才下手太重，他腸胃炎剛好，是不是真的出問題了？

見周喬猶豫，陸悍驍一鼓作氣，匍匐前進，往她靠近了半公尺，可憐地拽住她的裙擺，「喬喬，又是上次那種疼，裡面像有哪吒腦海，我呸，都怪今天的麻辣燙。」

周喬偏頭，賞了個嫌棄的眼神。

陸悍驍繼續飆演技，唉聲嘆氣，「沒關係，我撐得住，上次社區也有一個人，年紀輕輕腸胃炎，送醫院回來後，人活得挺好，就是一日三餐都要人餵了。」

周喬：「……」

陸悍驍一鼓作氣，捧著肚子在地上打起滾來，左三圈右三圈，「好疼，好疼。喬喬救命！」

周喬被他唬得心煩意亂，直覺他是演戲，但又擔心他真的出事。

一番思想鬥爭後，她還是蹲下來，軟了聲音問：「哪裡疼啊？」

陸悍驍心裡爽翻，忍著表情，可憐地牽起她的手，從自己的腹部開始一路往上，「這裡、這裡，還有這裡。」

周喬的手被迫摸過他的心肝脾肺腎，最後停在了心臟的位置。

陸悍驍眼神忽然認真，握住她，收緊再收緊，「噓，別說話……」

周喬怔住。

一拳之間，掌心所及，全是他強有力的心跳，一聲一聲，鮮活跳蹦。

陸悍驍沒猶豫，勾住她的脖子，用力把人帶了下來。兩人鼻尖抵鼻尖，胸口貼胸口，呼吸加急，心跳驟快。

陸悍驍熱熱的氣息縈繞而來，他聲音輕，還帶著一絲求饒，「好喬喬，可憐可憐三十歲的單身男青年，讓我有個女朋友好不好？」

這距離近到，好像下一秒就要吻上來。

周喬一掌別開他的臉，手忙腳亂地站起，氣鼓鼓地望著陸悍驍。

陸悍驍雙手撐在地上，胸膛向前突出，歪著頭對她笑。然後也學她鼓氣，先是右臉，再換氣到左臉，最後同時一鼓，「呱呱呱。」

周喬：「……」

陸悍驍盤腿坐地上，也不怕事，「反正我這麼老了，好不容易逮著一個喜歡的，有的是時間耗。」

周喬忍不住踹了他一腳，「你亂說什麼呢！」

「妳把我當沙包啊？」陸悍驍皺眉，「有本事再踹一腳。」

不踹白不踹，周喬往他大腿上又是一下。

「哇。」陸悍驍表情突變，又沉迷又陶醉，「踢得我好舒服好開心好刺激呢。」

「……」

真的很想死。

周喬自知不是他的對手，走為上策。

陸悍驍的聲音在背後響起，「明天請妳去農場玩啊。」

「碰！」回應他的是摔門聲。

「生氣的樣子也迷死人了。」陸悍驍癡漢臉，然後從地上爬起來，揉了揉被周喬踢過的大腿，「力氣還挺大，太不憐香惜悍驍了。」

收到新訊息，陸悍驍掏出手機，兄弟群組裡，MC陳清禾又在喊廣播：『明天上午十點，有老婆的帶老婆，沒老婆的帶上腦子，農場準時見。』

陶星來：『清禾哥，那種既沒老婆，又沒腦子的人，該帶什麼呢？』

陳清禾：『那就帶上周喬吧。』

陸悍驍：『我一根巨屌，捅翻樓上兩人的肚臍眼。』

陳清禾：『老處男就不要自取其辱了啾咪。』

然後全螢幕散落親吻的貼圖。

陸悍驍煩這兩人，退出聊天室，隨手滑了一下好友動態，結果手滑沒按對，直接進了聯絡人列表裡。

等等！周喬呢？

陸悍驍瞪大眼睛，來回滑了兩三遍，好友裡周喬不見了？

他意識到，該不會是把他刪除了吧！

「姓周的妳太過分了！」陸悍驍咬牙切齒，十分生氣，走到門前就是一頓猛敲，「開門！」

周喬戴上耳機練聽力，把音量調到最大。

陸悍驍砸了十幾下終於安靜，周喬輕輕鬆了一口氣。氣還只鬆到一半，「轟隆」一聲，門從外破開，陸悍驍氣勢洶洶地踏了進來。

周喬嚇了一跳，「你、你怎麼？」

陸悍驍把各房間的備用鑰匙串收口袋裡，伸出手，「手機呢？」

周喬別開眼，假裝不看他。

「妳為什麼刪除我？」陸悍驍走過來，手撐在桌面上，「經我同意了嗎？」

「我的手機，我樂意。」周喬才不服軟。

「妳的手機不要充電的啊？電費還是我出的呢。」

「好。」周喬點了下頭，然後拉開手邊的抽屜，拎出六個硬幣放桌上，「電費一度五毛八，十度五塊八，剩下兩毛不用找了。」

陸悍驍「呵」了一聲，「學金融會算帳了不起啊，來啊，把作業拿出來，我們來比賽算帳啊！」

周喬把試卷習題往他懷裡塞，「給給給，你這麼厲害，你算啊。」

陸悍驍被她推搡得往後退了好幾步，兩個人你來我往，沒多久就同時笑了出來。

周喬抿嘴看著他，「都三十歲的男人了，怎麼還跟小孩子一樣。」

陸悍驍也是滿臉暖意，不客氣地回嘴，「才二十出頭的女孩，怎麼不喜歡霸道多金男呢？」

周喬服了他，「我要考研究所，不希望被影響。」

陸悍驍才不聽她瞎說，眼明手快地搶過桌上的手機，飛快點開，「不許刪我好友。」

「欸，你又耍無賴。」周喬去奪，陸悍驍占據體形優勢，用屁股頂她，「喬喬妳吃我豆腐，屁股都被妳摸平了。」

「誰摸你屁股了？」周喬哭笑不得，「你把手機還給我。」

陸悍驍刷刷兩下點開她的聊天軟體，把自己重新加進好友裡。他這邊通過後，又自作主張地在周喬的手機上改了備註。

陸悍驍把手機還給她，揚起高貴的下巴，「妳再敢帶上我的原名，讓我滾回大眾分組，我可是要吃人的哦。」

說完，一溜煙跑了。

周喬低頭看螢幕，陸悍驍把自己的備註改成——愛喬喬的陸寶寶。

「什麼腦迴路。」周喬覺得好笑，手指在上面猶豫不決，想了又想，改成——好看又有錢的男人。

改完後覺得不夠貼切，她又加了個字——好看又有錢的蠢男人。

望著那個蠢字，周喬笑出了聲，心思動了動，最終把「蠢」字修正為「萌」。

嗯，沒毛病，挺好。

第二天一大清早，周喬就被電話吵醒。

她瞌睡尚在，沒看名字就接聽，結果是陸悍驍，扯著嗓子叫嚷：『下來幫我提水果，我買了一車的水果可便宜了！』

周喬摸不著頭緒，拗不過他的聒噪，妥協地起床下樓。

陸悍驍遠遠地就在車邊朝她招手，笑得純情。周喬只是簡單地洗漱，連頭髮都沒綁，懵懵懂懂地過去，問道：「水果呢？」

陸悍驍嘿嘿兩聲，然後抓著她的肩膀，連拖帶抱的把人丟進副駕駛座，繫好安全帶後把車門一鎖，自己飛快繞去駕駛座。

綁架行動全程不超過十秒，周喬一臉茫然，「你要幹什麼？」

陸悍驍轉動方向盤，興高采烈地說：「去農場玩啊！」

「……」

有沒有賣鶴頂紅的？我願意出天價。

周喬簡直服了他，「我衣服都沒換，你好好說話不行嗎？」

「不行。」陸悍驍雲淡風輕道：「說了也白說，妳肯定不跟我去，衣服不用擔心，喏。」他往後座一指，「我幫妳買了全套。」

周喬僵硬地回過頭，還真是三四個紙袋。

「反正妳穿小碼，衣服特別好買。」陸悍驍得意極了，「妳打開看看嘛。」

周喬無奈，拿過紙袋往裡一看，淺色的T恤，好像還有一條牛仔裙，只是這T恤的顏色……

陸悍驍哈哈大笑，「沒錯，今天我們穿的是情侶衣哦！」

周喬一言難盡地看著他身上的同款T恤，真懷疑自己是不是上一世追殺了他全家。

「穿嘛穿嘛，等一下要見朋友，一身睡衣多沒禮貌。」陸悍驍安慰道，「放心，逗妳的，這不是情侶裝，是我們兄弟的團服，陳清禾他們都有一件。」

周喬半信半疑，「真的？」

「煮的。」陸悍驍空出右手，摸了摸她的頭，「聽話。」

周喬沒來得及躲，被他揩了油。

陸悍驍忙說：「別生氣，我不讓妳吃虧，全身上下隨妳摸，摸回來行不行，我這腹肌放眼全社區都沒……唔！」

話到一半，他嘴裡一甜。

是周喬伸手，餵他吃了一顆牛奶糖。

「你好吵。」堵住你的嘴。

陸悍驍身子一緊，舌尖抵了抵，心臟狂跳地說：「天啊，十全大補丸，我現在渾身有勁，能飆兩百公里！」

「別別別。」周喬趕緊制止，「我還想多活幾年。」

「那是。」陸悍驍接著話道：「畢竟我們還沒開始談戀愛，死了多可惜。」

「……」

你這麼能說，現在就去死好嗎？

到農場前，周喬還是在加油站的洗手間裡換上了陸悍驍買的衣服。大小合身，樣式簡單但品質很好，她一出來，陸悍驍就瞎嚷：「天，仙女降臨加油站呢。」

周喬被他誇得有點不好意思，拉開車門坐上去。

陸悍驍戴著墨鏡走來，趴在車窗上笑著遞進一瓶水，「瓶蓋已經擰開了，美少女，賞我一個電話號碼唄。」

周喬沒憋住，笑著伸手敲他的頭，「走開一點，我對毛過敏。」

「知道妳不喜歡毛多的。」陸悍驍湊近，小聲神祕地說：「我的腋毛和腿毛都刮乾淨了，超滑超嫩，不信妳摸摸。」

話說完，他就飛快退出老遠，周喬的手搆不著，指著他橫眉怒對。

加完油繼續上路，十五分鐘後到達農場。

陳清禾一群人見他們下車，群魔亂叫，「哇靠，情侶裝！驍兒你騷出天際了！」

周喬腦袋冒汗，遲遲不肯往前走。

陸悍驍低聲喝斥，「再不走，我就牽妳的手了啊。」

周喬怕了他，只能服從地跟在身後。

陶星來見到她，憂傷道：「天啊，妳竟然也是沉迷男色的女孩子。」

周喬趕緊搖手，「不不不，你誤會了，我是被他綁……」

陸悍驍直接把人拖走，「我家女孩不懂事，亂說話大家別介意。」然後低聲訓斥周喬，「在兄弟面前，給個面子行不行啊？」

陳清禾知道他的臭德行，也不拆穿，召喚說：「打情罵俏的暫停一下，先去裡頭坐一坐。」

陸悍驍一聽，趕緊跑過來，壓低聲音緊張地問：「都安排好了？」

「放心。」陳清禾比了個ＯＫ的手勢，「道具全是網路旗艦店買的，氣球會發光，彩帶也貼了鑽，閃瞎你眼睛。」

一聽這描述，陸悍驍就不怎麼放心。

陶星來也來湊熱鬧，「陸陸哥，追女生我最有一套，我最懂她們的粉紅少女心了。」

陸悍驍神色複雜，「還少女心呢，周喬就是個金剛鑽。」太難追了。

「這次有哥們幾個助陣，保證成功。」陳清禾拍拍他的肩，「你的詩呢？我幫你接了麥克風，到時候你好好念。」

「對了，你們幫我看看有沒有錯字。」陸悍驍從口袋裡摸出Ａ４紙，打開給他們看。

看完之後，陳清禾和陶星來一頓爆笑，「哈哈哈哈哈，我的天啊！」

陸悍驍煩死他們了，「笑個屁啊，我這情詩每一句話都押韻，多精妙。」

陶星來隨便指著幾句，笑著念出來，「有位女孩叫周喬，人美腿長文化高，一見妳就心飄飄，聽說妳喜歡無毛，我的毛真就挺少，我有股票陸寶寶，漲停不斷特別好，記住我叫陸悍驍。」

還沒讀完，陳清禾已經狂笑，「媽的哈哈哈哈哈。」

陸悍驍可憂傷了，拽著Ａ４紙，可憐兮兮地問：「真的很難聽嗎？」

「不難聽，和你的氣質特別配。」陳清禾憋住了，搥了他一把，「哥們上，別怕！吉他麥克風我為你調好了音，就等你的浪漫告白了。」

陸悍驍懵懵懂懂地「哦」了聲，死就死吧！

他望著周喬的背影，深吸一口氣，邁開大步追了上去。

陸悍驍沒什麼泡妞的實戰經驗，純靠陳清禾這群也不怎麼可靠的哥們撐腰。一聽他首戰失敗，一個個特別熱情地要添磚加瓦出把力。

因為周喬二十出頭，在他們這群遠離校園已久的老男人眼裡，她有著一顆夢幻少女心。

陸悍驍之所以無法成功，全因為他又土又笨不時髦。

於是，時髦男孩陳清禾和陶星來出了一個曠世餿主意，弄了個粉紅場地，現場布置均按直男眼光標準實施，還自我感覺極其良好，用力炫耀。

「等你們進去，房屋是黑乎乎的，然後我會開一盞小燈，再噴香水，特別烘托氣氛。」

陸悍驍皺眉，「香水？弄這個做什麼？」

陳清禾神祕道：「印度貨，催情效果。」

陶星來接著介紹，「天花板上都是紫色的愛心氣球，我花兩塊買的雙面膠，貼了一上午都快得肩周炎了，陸陸哥，一碼歸一碼，你得給我報銷買膏藥的錢哦。」

陸悍驍往他腦門上一按，「乖，給你點個讚。」

「吉他通了電，你念完詩就唱歌，我花十塊錢開通了音樂軟體會員，最高音質一級棒。」陳清禾拍著胸脯作保證，「到時候你唱歌，我們伴舞，把周喬蘇得不要不要的。」

搞得這麼正式，陸悍驍都快感動得流眼淚了。

「抓緊時間，陸陸哥你從後門進，我陪周喬進屋。」陶星來比了個勝利的手勢，一臉激動地跑開。

追上周喬後，她問：「他們人呢？」

「去點餐了。」陶星來熱情引路，「好朋友往這邊走，屋裡有水果，是農場自己種的。」

周喬沒多想，踏進門。

「砰」的一聲，陶星來飛快把門關上，屋裡黑乎乎的一片，周喬莫名其妙回頭，「怎麼不開燈？」

話剛落音，屋中央就亮起一盞十瓦的電燈泡。

陳清禾坐在角落裡，左手按完開關，右手開始噴香水。

周喬：「……」

不好，有殺氣。

陶星來溜到一邊，撿起地上的禮花炮連放六個，寓意六六大順。

這時，屋裡彩燈刷刷亮起，紅配綠相當閃爍，借著光亮，能看清頭上全是愛心氣球。緊接著，悠揚的薩克斯音樂〈征服〉響起，一束來自手機自帶手電筒發出的追光，照向了前方的高腳凳和麥克風。

陳清禾趴在地上壓低聲音道：「驍兒，到你了。」

陸悍驍上臺，一腳踩在陳清禾的屁股上，「嘿！腳感不錯，挺肥厚的。」

ＭＣ陶星來模仿主播腔，「下面請欣賞，詩歌朗誦〈我渾身都是寶〉。」

「……」

靠，這名字還能取得再難聽一點。

周喬快要神經錯亂，就看見陸悍驍出現在搭建的舞臺上。

他舉著麥克風，手還有點抖，緊張地看著周喬，說：「今天很榮幸，能夠把妳綁到這裡歡聚一堂，我，我為了妳作了一首詩，想親口念給妳聽。」

「……」

救命！刀子我來買，耳朵我自己割，全都送你行不行？

陸悍驍深吸一口氣，然後開始脫稿朗誦——

「那日有風有光，我一如既往的恣意要鬧。

初次見面雞飛狗跳，印象實在不算太好。

同住屋簷不過了了，三言兩語有了交道。

妳身上有溫暖的笑，我想起夏天的味道。

動心的感覺太美妙，像有氣球慢慢在飄。

有些話想讓妳知道——

啊，有個女孩叫周喬，人美腿長文化高。

一見妳就心飄飄，我有股票陸寶寶。

漲停不斷特別好，記住我叫陸悍驍。」

陸悍驍一口氣背完，然後淡定地坐上高腳凳，拿起吉他抱在懷裡。

周喬已經要陣亡了，天，還沒完呢！

前奏無縫對接，十分歡樂，這首歌太熟悉了，歌名也特別應景。

陸悍驍可是百裡挑一，私下練了幾百遍，他輕撥和絃，手指勻稱且長，燈光一打有模有樣。

彈過前奏，步入正題，陸悍驍隨曲和聲，一開口，每一句都踩在了節拍上。

「愛情是一種怪事，我開始全身不受控制，愛情是一種本事，我開始連自己都不是，為你為做了太多傻事，第一件就是為妳寫詩。」

歌曲漸入高潮，伴舞團閃亮登場——

陳清禾和陶星來站到陸悍驍身邊，一左一右開始扭臀甩胯，手往上伸「啪啪啪」連拍三下，再雙手叉腰瘋狂抖胸，抖完之後，兩人左手挽右手，原地又蹦又跳地轉著圈圈。

轉完之後，一聲洪亮的「謔——嘿——！」完美收尾。

陸悍驍被他們這一聲叫喚差點從高腳椅上震落掉地。

他腦袋冒汗，咬牙切齒地低聲喝斥，「你媽，老子念情詩唱情歌，你們跳什麼鬥牛舞？」

周喬被這陣仗搞得眼睛要瞎。

陸悍驍丟了吉他，甩開麥克風，破罐子破摔地走下來。

周喬一步步往後退，反射般掄起立在門口的打氣筒。

「你是不是想揍我？」陸悍驍此刻豁了出去，心火難敗氣勢壓頂。

「別，別過來。」周喬有點慌，「有話好好說。」

「不想說，妳往這打。」陸悍驍指著自己太陽穴，「打死最好，打不死，妳就等著養我一輩子。」

「……」

耍無賴也是犯罪啊大哥。

陸悍驍個子高，眼睛形狀狹長，居高臨下凌厲收斂，還真有點嚇人。

周喬目光雖淡，但裡頭的情緒藏不住了，她抖著唇角開口，「陸哥。」

「誰要當妳哥哥了？」陸悍驍聲音冷，把手裡的A4紙揉成一團握成拳，「妳就直說吧，究竟喜歡什麼樣的男人？」

「……」

「敢說除了我這樣的都喜歡，我掐死妳。」陸悍驍挺有經驗，把小女生的套路說辭先封殺。

半晌，周喬給出一個十分在理的答案，「我要考研究所。」

「難道考研究所的人都不交男朋友？」

「我怕分心。」

「妳現在也不見得有多專心。」

周喬一時語噎。

陸悍驍把辦公桌上談判的架勢拎出來對付她了，可見心有多煩。他暴躁地揉了揉自己的頭髮，喪氣道：「我跟妳交個底，我見過許多女人，年輕的、風情的、幹練的，但我一個都沒喜歡過。」

周喬一副你是怪物的眼神看著他。

陸悍驍也不怕揭自己的短，繼續說：「別問我為什麼，我他媽也不知道自己怎麼了，我寧肯看AV自擼也不願去找女人睡覺。」

周喬一聽，自發性地咳嗽，半天沒喘過氣。

陸悍驍一臉鬱悶，「我為什麼喜歡妳？因為妳讓我有歸屬感，游泳池裡救過我的命，還教會了我游泳，不管什麼話題我們都能說到一塊，跟妳在一起，就想搬一箱啤酒炸一盆雞翅，吟詩作對看雪看月亮一直到天亮。」

「……」

三伏天，你上哪看雪去啊。

陸悍驍見她不為所動，心煩意亂地伸出食指，往周喬肩膀上狠狠一戳，「妳可憐一下我行不行啊！」

周喬一怔，就看到陸悍驍突然蹲在地上，抱住自己的膝蓋把臉埋進去，悶聲說了一句話。

她沒聽清楚，「你說什麼？」

站在後面一直沉默的陳清禾，於心不忍地替他回答，「驍兒說，求求妳了。」

周喬兩手垂至兩側，肩上被戳中的疼痛像是要將她身體鑿出一個窟窿。

陸悍驍維持抱住自己的姿勢沒有動，看起來巨大一坨，怪可憐的。

陳清禾看不下去了，走過來把周喬推到一邊，語重心長地說：「我和悍驍從小一起長大，穿開襠褲的情分，他的性格特別好，不管男女，對誰都是好脾氣。就是因為對誰都一樣，所以很少看到他失控的時候。對，他沒光明正大追過女人，所以有些行為方式會讓妳覺得不適。」

陳清禾停頓了一下，等周喬慢慢消化。

「當然，我們不能以這個做藉口，強迫妳接受，只是作為兄弟，我必須幫他解釋，就算妳不喜歡，也千萬別反感。」

不喜歡可以努力一點繼續追，但如果是反感，就真的沒什麼希望了。

周喬緩緩低下了頭，陳清禾看見她的指頭使勁摳著衣擺，可見也在猶豫。

他挑眉，乘勝追擊，把人推向陸悍驍，「欸，雖然他幼稚了點，但待人真的特別真誠。」

聽到這話的陸悍驍，不樂意地抬起腦袋，委屈道：「你才幼稚呢！」

這一抬頭不得了，周喬發現他眼眶紅了。

天啊，怎麼還哭了？太罪過了吧。

周喬擰眉，負罪感讓她無暇多想，走過去蹲在他旁邊。

一見有戲，陸悍驍急忙小碎步往她身邊靠攏了些，紅著眼睛看著她。

周喬斟酌了用詞，小心翼翼地開口，「對不起，我的態度傷害了你。」

陸悍驍頹著眼角，應了一聲，「嗯。」

周喬小聲，「考研究所是一方面，害怕也是一方面。」

聽到她開始吐露心聲，陸悍驍微微一動。

「我也沒談過戀愛，總覺得這是件可遇不可求的事，反正這麼多年一個人也過來了，無功無過，挺習慣的。」

陸悍驍連呼吸都輕了，顫出一個讓人心疼的鼻音，「嗯。」

「我家裡的事，你也看過，爸媽感情一直不太好，反正從我記事起，爭吵打鬧就沒斷過。」

周喬摳著自己的指尖，她還是不太習慣訴苦，成長環境早就塑形了她的內斂性格，哪怕一切洞察明晰，也能掩蓋心底悄無聲息。

「陸哥，和你還有齊阿姨住在一起的日子，我真的特別開心。」周喬不再克制，選擇順從內心，她說：「貿然地答應和拒絕，都是不理智的，你給我時間認真考慮。」

陸悍驍內心都快爽翻了，但還是冷靜自持地點了點高貴的頭顱，「哦。」

說完這些，周喬如釋重負，竟伸手往他眼角上輕輕壓了壓。

她手腕上自帶的淡香彷彿點住了陸悍驍的穴道。周喬目光清澈明晰，裡頭像是裝了四個字：隨緣偶得。

她寬慰陸悍驍，笑著說：「我剛剛幫你看了股票，陸寶寶今天又漲停。所以你別哭了，好嗎？」

陸悍驍得了失語症，灌了迷魂湯，只知道機械地答應，「嗯嗯嗯。」

周喬站起身，「我出去透透氣。」

待人走後，陳清禾走過來踹了陸悍驍一腳，怒其不爭道：「你剛才一直『嗯嗯哦哦』的回話，搞得好像在被周喬操一樣！」

陸悍驍撐著膝蓋站起來，揉了揉發酸的大腿，高興地說：「你怎麼知道？我是真的很想被她操啊！」

陳清禾：「……」

陶星來被這肝腸寸斷的表白感動得眼淚直流，「剛才不好意思問，陸陸哥，怎麼你身上有一股風油精的味道啊？」

「哦。」陸悍驍風輕雲淡地說：「我擦了點在眼角，不然怎麼哭得出來。」

陶星來懵了懵，「你不是真哭？」

「現在還沒到哭的時候。」陸悍驍眼角得意地上揚，「男人有淚不輕彈，除非和愛人上床。」

陳清禾皺眉，試探地問：「上床才哭，是因為你……早洩？」

陸悍驍瞬間沒了脾氣。

「……」

我想日你大爺。

周喬一個人站在外面過風，這個農場規劃不錯，除了他們所在的休閒區，東西北角還有試驗田、親子互動等設施。

周喬靠著木欄，手撐著下巴看風景，風吹起瀏海，露出了光潔的額頭。陸悍驍雙手插口袋，離她三四公尺遠，鞋底磨地了半天，才鼓起勇氣走向前，「喝水嗎？」

周喬聽見聲音，側過頭，陸悍驍伸手遞來一瓶水，他笑道：「我擰開蓋子了。」

「謝謝。」周喬大方接過，又往旁邊挪了挪，空出一個位置給陸悍驍。

陸悍驍站過去，兩個人並排倚木欄，閒適地看著綠蔭青草，方才的雞飛狗跳、誇張場景彷彿淡化遠去。當天地安靜只剩彼此，周喬用眼角眉梢瞄向陸悍驍。

感覺似乎挺不錯。

「剛才讓妳看笑話了，我以為女孩子都喜歡這樣的。」陸悍驍認清現實倒是快。

周喬笑了笑，實話實說，「是很讓人意外。」

「幸虧妳撐住了，不然鬧出人命還要叫警察。」陸悍驍開了兩句玩笑放鬆氣氛，便仰頭喝了口水。

水滑過喉嚨，有輕微的咕嚕聲。

兩個人又澈底安靜了。

陸悍驍壓了壓唇角，敞開著說：「周喬，有些事情做得是誇張了些，但我的心意擺在那，不躲不藏不修飾，妳是聰明的女孩子，只要妳願意賞我一點用心，一定能明白我的真心。」

有風吹過，周喬攏了攏耳邊的碎髮，很安靜地傾聽。

「死皮賴臉也好，威逼恐嚇也罷，總之妳答應我好好考慮，我真的很高興。」陸悍驍難得的沉定，抬眼看天空，又低垂至草林，最後轉過頭，悠悠道：「答應我的，妳一定要做到。」

「嗯？」周喬乍一聽沒明白，側頭疑問。

「考慮我。」陸悍驍對上她的視線，加重了讀音，「認真地考慮。」

周喬目光不躲，良久，輕輕點了下頭，「好。」

「打勾。」陸悍驍深覺不放心，本性又露，孩子氣地伸出小拇指，「騙人是小狗。」

周喬挑眉，故意逗他，「那我現在學狗叫行嗎？」

陸悍驍小拇指變成大拳頭，「我自殺行不行？」

周喬抿唇沒說話，轉過身便走。

她手背在身後，像是回歸風中的淡菊，聲音隨風躍入陸悍驍的耳朵裡——「命先留著吧。」

陸悍驍站在原地，看著她的背影，就這麼傻乎乎地笑了起來。

農場一日遊之後，兩個人的相處似乎又轉了點性子。

依舊清淡寡言，但氣氛明顯鬆動，像是心存默契，互留餘地，一個在耐心地等待，一個在理智與感情之間找最合適的定位。

陸悍驍腦子好像開了竅，懂得以靜制動，這兩天乖乖自覺地留公司加班，晚飯也不回來吃，儘量減少對周喬的干擾。

就是每晚回來時，都會帶一點小東西給她，一杯飲料或者一盒壽司，把它們放在客廳餐桌上後，陸悍驍就輕輕敲周喬的房門，也不需要多說話，門裡的人過幾分鐘便出來了。

夜深人靜，周喬捧著飲料時也會想，自己對陸悍驍究竟是什麼感覺。

她叼著吸管，任飲料一點一點融化在舌尖。

在一起時，好像還是開心的時候比較多。

想到這，周喬放下杯子，去廚房拿了個乾淨的玻璃杯。她揭開蓋子，倒了一半放杯裡。然後叩響陸悍驍的臥室門。

門縫拉開，露出他剛洗過澡濕噠噠的頭，「嗯？」

周喬把杯子遞過去，「喝飲料嗎？」

陸悍驍挑眉，「分我一半啊？」他接過，然後往周喬右手上碰了碰，「乾杯喲。」

周喬笑著也舉起杯子，「好，乾杯。」

陸悍驍喝完，嘴唇周圍一圈奶漬。他伸出舌頭舔了舔，陶醉地說：「愛心牌的就是甜。」

周喬轉過身，背對著他抿嘴微笑。

陸悍驍對著她的背影說：「明天我再買給妳呀。」

周喬笑意更深，清脆地應了一聲，「嗯！」

這幾天陸悍驍特別勤快，周喬七點起床，就沒見了他人影。

齊阿姨邊盛粥邊說：「做生意就是這樣的，一陣一陣的，對了喬喬，我今天要回陸家一趟，中午晚上的菜我全都炒好放冰箱了，妳吃的時候拿出來熱一熱就好。」

「好，您不用管我。」周喬應聲，「您路上注意安全。」

沒多久，齊阿姨提著她的小花包也出了門。

周喬吃完早餐進屋複習，一個人的時候時間過得特別快，回過神已是夜幕初升。到了晚飯時間今天效率還不錯，把之前落下的複習計畫都趕上了進度。

周喬摸了摸臉，有點燙。她關了空調，然後起身去開窗透氣。正準備去熱飯，手機響得歡快，是金小玉。

這位隨時出現又隨時消失的母親大人，風風火火地召喚周喬去外面吃飯。

一家頗高檔的上海菜館。

進門，就見金小玉就在那拾掇菜單，頭也不抬地說：「我幫妳點了條魚，再來個烏雞湯，別的還要嗎？」

周喬緩身入座，自上次不告而別，也有近半個月了。

金小玉性格帶火，行事俐落，三兩下點好菜交待服務生快點上菜。

周喬幫她倒茶。

「行了，別倒了，我這有礦泉水。」金小玉抬了抬手，打斷直接問：「周正安最近來找過妳沒？」

周喬放下茶壺，搖了搖頭，「沒有。」

金小玉當即冷嘲熱諷沒個好語氣，「這個臭不要臉的，還說我不是個好媽媽，我呸，也不看看他自己什麼德性！」

周喬手頓住，無語失聲。

金小玉清了清嗓子，彷彿才記起這個女兒，像完成任務似的關心：「妳怎麼樣，在陸哥那住的還習慣嗎？複習辛不辛苦啊？」

周喬點頭，「還行。」

金小玉「唉」一聲，語重心長道：「喬喬，媽媽也是沒辦法，妳爸爸他太過分了，外面的話都傳我到我耳朵裡，說那個狐狸精肚子都五個月了，真是不要臉，五十歲他還想老來得子嗎？」

周喬的手指摳緊茶杯，一字不吭。

「這段時間我美國都飛了兩趟，又聯絡律師搞得頭都大了，妳那個王八蛋的爹太陰險，財產轉移了不少，想和狐狸精快活，想得美！」

好不容易一次母女相聚，又變成了吐槽大會。

金小玉憤懣難平，擰開瓶蓋灌了一大口水，終於說起正事，「喬喬，我和妳爸這婚肯定要離，那天在陸家，不方便多說，現在，妳必須表明態度。」

周喬不解地抬起頭。

「妳和媽媽站在同一邊，我們不能便宜了狐狸精，財產我們多分點，甭管妳那個爸說得多好聽，妳一定不能輕信他的話。」金小玉雷厲風行地打開包，拿出早就準備好的紙筆，「妳在上面簽個名。」

白紙黑字寫了一滿篇，周喬快速閱讀，是一份以她口吻擬定好的，關於周正安婚內出軌事實的證詞，用來增加他在過錯方的比重。上面的內容精確到年月日，半真半假，誇誇其詞。

周喬脫口，「媽，我……」

「簽簽簽。」金小玉不耐煩地擰開筆帽。

周喬僵持半晌沒說話，用沉默表達態度。

金小玉陡然洩氣，「妳這孩子，怎麼這麼不懂事？是不是周正安跟妳說了什麼，妳可不能對媽媽撒謊。」

周喬自嘲地笑了笑，「妳把我送到這，不就是為了讓他找不到我嗎。」

金小玉能想到的主意，周正安肯定也能想到。她索性把女兒送到陸家，減少周正安作妖的機會。夫妻倆為了爭家產，步步算計，滴水不漏。

此刻周喬不想再多說，她起身，「晚飯您自己吃吧，我回去複習了。」

「喬喬。」金小玉覺得莫名其妙，氣憤地拍案而起，「周喬！」

大街上燈火通明，人車往往，一出來還分不清方向。周喬往著公車站跑，不管是不是回家的車，直接坐了上去。

這個時間人少，後排有座位，周喬坐在靠窗的位子，依稀能聽見金小玉在叫她的名字。遠了，沒聲音了，她的手機又瘋狂響震。

「媽媽」兩個字不斷閃爍，堅持不懈了一遍又一遍。

周喬不接也不掛斷，金小玉大概已經氣得半死，果然，沒多久就傳來了炸裂的訊息：

『妳對媽媽怎麼這麼沒禮貌，和長輩不打招呼就走的？』

『媽媽養育妳不容易，現在妳爸爸這樣對我，妳怎麼可以袖手旁觀。』

周喬捏緊了手機，靠著座位閉緊了眼睛。

最新的一則訊息：『周喬，妳學什麼不好，就跟周正安學會了沒良心是不是？』

周喬反射性地把所有訊息刪除，空白了、乾淨了，但每一個字都烙在了心裡。

父母的過錯，總是牽扯無辜的孩子，孩子有什麼錯？只錯在運氣不夠，沒能生在一個和諧萬歲的家庭裡。

周喬道理都明白，所以她從小比其他小孩要早熟，不多事不多嘴，努力做到第一名，她以為爸爸媽媽會看在第一名的面子上，準時來參加家長會。

周喬手肘撐在膝蓋上，彎腰低頭，把臉埋進掌心，能哭的事情有很多，她早就練就了眼淚倒流的本領，金小玉和周正安對她為數不多的教導裡，只有一句話是兩人都提及過的——愛哭的小孩沒人喜歡。

或許這只是順手拈來嚇唬孩子的話，但周喬卻記得比誰都清楚。

二十出頭如花的女孩，誰不喜歡熱烈張揚的人和事。

但多年的冷靜自持，守規克己，已經讓她覺得感情和男人也不過爾爾。

這時，她的手機又響。周喬低眸一看，竟是陸悍驍來電。

接通後，那頭一陣嘰哩呱啦的抱怨，『怎麼回事啊？這麼久才接電話，妳人不在家跑到哪去了？是不是又去見什麼學長學弟了？』

周喬鼻尖就這麼發了酸，她憋著氣，悶聲：「嗯。」

『我靠，真的有學長？』陸悍驍一聽可著急，『周喬妳很可以啊，我們怎麼約定的？妳是怎麼答應我的？妳的答案還沒有一個字，轉眼就去和學長約會，妳要氣死我啊！』

周喬嗓子收緊，哽咽地打斷他，「我上錯車了。」

『……』陸悍驍遲疑了一下，『什麼？』

已經遮掩不住了，伴著細微的抽泣，周喬說：「我不知道怎麼回家了。」

半秒後，電話裡似有砰砰咚咚桌椅絆倒的聲音，陸悍驍慌慌張張，『妳別著急，隨便拍個周圍的地標傳給我，餐廳啊什麼的都行。我很快就來，有我在，不會讓妳找不到家的！』

掛斷電話沒多久，陸悍驍就收到了圖片，離他這大概四五十分鐘的車程。

出發前，他特地轉了五百塊錢給周喬，然後一路和她保持通話，但全程都是他在聊天，周喬寡言得讓他十分不安。

能闖的紅燈他都闖了，能超的速他也超了，在半小時後，到了約定的地點。

這裡是鬧市街頭，陸悍驍管不得違規停車，車橫在路邊，推開車門心急火燎地跳了下來。霓虹刺眼，陸悍驍來回張望，終於回頭在身後看見了周喬。

將她渾身上下掃了個遍，確定人沒事，他的心「哐」一聲落地。

「我靠，坐個公車也能迷路，嚇死老子了，還以為妳被黑車擄走，賣進大山給別人當老婆了呢！」

夜裡有風，街頭人來人往錯過又相逢。陸悍驍的焦急全都寫在了臉上，關心也是言不由衷。

隔著幾公尺的距離，周喬看著眼前這個男人，一顆心就這麼緩緩地沉了下去。

「接到妳的電話，我他媽連鞋都沒換，一雙拖鞋就跑下去開車，對了，我還轉了錢給妳，收到沒吱呦喂真是被妳嚇……」

周喬衝過來，毫不猶豫地把人抱住。

陸悍驍措手不及，被撞退了好幾步，然後瞳孔放大，驚恐無比。

周喬的臉埋在他胸口，手也軟軟地環住他的勁腰。體溫是熱的，呼吸是真實的，心跳蹦跳是有力的。

周喬聞著陸悍驍身上風塵僕僕的味道，遲到許久的眼淚，就這麼落了下來。

她哽咽著聲音說，「別動，讓我抱一抱。」

陸悍驍腰身發麻，腹肌僵硬。

天，這是什麼情況？老男人的春天嗎……

陸悍驍跟生了鏽的機器一樣，不敢動彈。

直到周喬無聲的眼淚浸透衣服，濕熱感攀上胸口，他才用手緩緩將人圈住，掌心在背後笨拙地安撫。

「哥已經把車開到最快了，駕照也快要被吊銷了，我還違規停車肯定要被貼罰單。我不敢耽誤一秒鐘，妳別哭了。」

周喬抱著他的手鬆了一下，但很快抱得更緊。

陸悍驍回應似的，也加重了力氣，語氣卻輕鬆道：「還在哭啊，等等胸口太濕，不知道的還以為誰在上面撒了泡尿呢。」

周喬頭埋著，悶聲，「你才撒尿呢。」

陸悍驍笑得眉飛眼翹，下巴一低，抵住了她的頭頂，輕輕地蹭了蹭，然後一聲微嘆，「抱吧，妳想抱多久都可以。」

周喬穩了穩情緒，想把他推開。

陸悍驍不鬆手，勾得人緊緊的，「不准走，我還沒抱夠呢。」

周喬臉燥熱，「你鬆開。」

「用完就丟，我不服。」陸悍驍笑著看她，「除非妳親我一口。」

「……」

「這裡這裡，」陸悍驍指著自己的右臉，「往這親，還要帶響聲哦，啵啵啵的那種。」

他們兩人的姿勢特別曖昧，周喬又發現了他一個新的技能，就是無論何種正經的氣氛，都能被他掰成當街騷擾。

當然也就過過乾癮，這點分寸陸悍驍還是有的。

他適可而止，把人放開。

周喬低眸落向他的腳，真的只穿了一雙灰藍相間的拖鞋。

鬧市街頭，人來人往，陸悍驍一百八十五公分的高個頭著實矚目，不少路人經過都盯著他的拖鞋看，周喬心懷歉疚，說：「你回車上去吧，我買雙鞋給你，不然開車不安全。」

陸悍驍半玩笑半試探，「那這算不算是定情信物？」

「……」

你還可以再老土一點。

「不用了，跟哥走。」陸悍驍一把牽起她的手，「我要人不要禮物。」

「我們先去吃飯吧。」陸悍驍坐上駕駛座，囑咐她繫好安全帶，「想吃什麼？日料還是西餐？」

他邊說邊摸口袋，摸了兩下，動作停頓。

「等等，」陸悍驍轉過頭，「可能吃不成了，我出門太急，沒帶錢包。」

「沒關係，我……」

「我不花女人的錢。」陸悍驍跑得飛快，「沒事，車裡還有點零鈔。」

他從儲物格裡捏出一把，點了點，有兩百多。

「先幫車子加兩百塊的汽油，剩下二十買杯飲料給妳，還有三十再買盒壽司墊墊肚子，然後去提款機，我這有張備用卡，裡面錢不多了，只能勉強領個兩萬塊先把飯吃了。」

「……」

雷神：大哥，再裝會遭我劈哦。

看著周喬一臉茫然的表情，陸悍驍捶著方向盤一頓狂笑，「哈哈哈，哥是不是很炫酷？」

周喬腦袋冒汗，「你開心就好。」

陸悍驍斂了斂嘴角，突然嘆氣，「我想讓妳開心點。」

周喬一愣。

陸悍驍伸手，在她鼻梁上輕輕刮了一下，「小傢伙，一點也不讓人省心。」

他眼底的善意關心讓周喬眼熱，嘴唇張了張。

「噓。」陸悍驍食指比在唇心，「沒事，不想說就不說，長得好看的人，誰還沒有點小祕密呢。」

這費盡心思的安慰方式，讓周喬心裝暖湯。

陸悍驍坐直了些，慢慢轉動方向盤，「就比如我的祕密吧，就是特別喜歡妳。」

「……」

呃，這個好像已經人盡皆知了。

周喬聽後沒有說話，別過頭看窗外。

陸悍驍也不逼迫，等車上了大路，他才空出手，不動聲色地摸了摸自己的勁腰，還在回味剛才被周喬抱住的感覺。

爽呆了。

兩人吃完晚飯後，早早回了公寓。齊阿姨還沒回來，家裡清清靜靜。

陸悍驍看一下訊息，「喲，齊阿姨今晚不過來了，陪我爺爺、奶奶打牌呢，哎呀，這三位老寶貝組隊，簡直人間慘劇。」

不知是不是室內外溫差大，周喬進屋後覺得身上發燙，還口乾舌燥的。她去廚房倒水，連著喝了兩大杯。

走到客廳，就看見陸悍驍盤腿坐地上剝開心果吃。

周喬走近了些，陸悍驍側過頭朝她笑，「吃個開心果，心情開開心心。」

平整的玻璃桌面上，是他用一顆顆剝好的果仁，擺出的一個愛心圖案。

陸悍驍飛快地繼續擺弄，在愛心中間又拚了一個大寫字母「Q」。然後站起身，獻寶似地說：「快吃快吃，吃完能夠多活五百年。」

周喬忍不住笑出了聲。

這一次，她沒有拒絕，走過去也坐在地上。周喬看著那顆心，手指猶豫，竟然有些捨不得破壞掉。

陸悍驍像隻小狼狗，乖乖地蹲在她旁邊，看著她的側顏輪廓溫柔，微蜷的手指細長如蔥。陸悍驍突然伸出手，難以克制地從背後抱住了她。

周喬渾身一緊，掙扎剛起了頭，陸悍驍把她抱得更用力，「周喬。」

這聲名字喊得克己又隱忍，聽得她心頭一動。

胸貼背，心跳如鼓搥，陸悍驍試探地將掌心翻了個面，帶有目的性地移到周喬腰間。

周喬僵了下，下意識地轉頭，但也就是這個動作，讓兩人的臉近在咫尺。

這麼近距離地打量陸悍驍，眉濃斜飛，鼻挺眼深，一點也不顯老。周喬抿了抿唇，理智知道應該拒絕，但行不由衷，竟然不捨動彈。

陸悍驍呼吸急促，捏住她的下巴，頭慢慢低，慢慢靠近，想吻她之心昭然若揭。

但很快，搭在她下巴上的手，熾熱的觸感越發不對勁了。陸悍驍眉間擰成一個淺川，分開了一點，心驚斷定，「周喬，妳在發燒。」

其實從早上起，她就感覺不太舒服，但這雞飛狗跳的一天下來，也沒閒心去管自己。

周喬還沒反應過來，陸醫生一個額頭便砸了過來。

兩人額頭貼額頭，這個試體溫的姿勢很新穎啊。

陸醫生緊張兮兮地碎碎念，「完了完了，燙死小陸了。」

「……」

小陸是什麼東西？

「沒有三十九度，也有三十八度九了。」陸悍驍自帶體溫計技能，他開始在屋裡團團轉，翻箱倒櫃地找東西。

「上次陳清禾那個畜生發高燒，正好藥店搞活動，退熱貼買一送三，我留了一盒放家裡。」

陸悍驍跪在地上，撅著翹屁股在抽屜裡找，「我記得效果挺好，陳清禾用了一張，就直飆四十度了，當晚進了醫院成肺炎了。」

周喬：「……」

「啊，找到了。」陸悍驍欣喜若狂地舉著一個慘烈的包裝盒，「退熱貼。」

周喬看著上面碩大的字體，有點無語，「那是寶寶用的。」

「沒毛病，」陸悍驍揚了揚盒子，笑著說：「妳就是我的寶貝啊。」

周喬反射性地用手捂住額頭，完了完了，身體要炸了。

陸悍驍撕開包裝袋，走過來就是一招大力金剛掌，周喬只覺得額頭一冰，就跟貼了符一樣。

陸悍驍念念有詞，「惡靈退散，嘛哩嘛哩哄！」

念完之後，還有模有樣地往她額頭吹了口氣，「呼！」

周喬被吹得直眨眼睛，笑得要死，「幹什麼呢？」

陸悍驍挑眉，抓著她的雙手，往自己身上砸，「天，妳快住手，小陸對妳這麼好，妳還用小拳拳搥人家的胸口。妳壞壞。」

媽的智障啊。

周喬笑著扭手腕，陸悍驍抓緊不讓鬆，越演越起勁，「不要再打我了，鬆手啊，再不鬆手我就要妳負責人生了！」

周喬被他握得死緊，於是用腳踹他，「喂！」

而下一秒，整個人騰空而起，陸悍驍出其不意地竟然將她打橫抱了起來。

周喬嚇得失色，摟住他的脖頸，「陸悍驍！」

「噓！」陸悍驍抱住她，將人顛了顛抱嚴實了，「我靠，妳再這麼凶巴巴地叫我名字，我就打妳屁股。」

周喬臉紅皂白，心跳飆到一百二，「你這人……是不是對誰都這麼無賴。」

「廢話。不然我哪能賺這麼多錢啊。」陸悍驍往臥室走，「下次帶妳去談生意，妳就會知道我是什麼德性了。」

「……」求放過。

「周喬。」陸悍驍突然沉聲。

「嗯？」

「這是我第一次抱女生。」陸悍驍低下頭，目光全給了她，然後小聲問：「原來公主抱是這樣的手感啊。」

人已經走進臥室，陸悍驍抬腳往後一勾，把門關上。

他頓了一下，無辜又真誠地說：「手感好到，我都快起反應了。」

「……」

做人虛假一點不好嗎，何必這麼實話實說我的天。

「妳先睡一下。」陸悍驍把人放在床上，動作輕緩。

周喬熟透了臉，小聲道，「我睡自己的床就好。」

「不要。」陸悍驍不講理，「我的床開過光，焚過香。」

周喬哭笑不得，無奈極了。

陸悍驍把人放下後，一屁股坐了上來。

「欸！你幹什麼？」

「生病脆弱要人陪，我來陪妳睡個覺。」

周喬搖頭，「我不脆弱，我不需要人陪。」

「我說妳脆弱，妳就脆弱。」陸悍驍為達目的不甘休，扯開被毯將她蓋得嚴嚴實實，「我奶奶說，發高燒就多蓋點，發發汗洗個澡就好了。」

周喬低著頭，手腳不知往哪放，小聲糾正，「這個說法是錯誤的。」

「老寶貝說什麼都對。」陸悍驍又朝她拱近了些，覺得太撓心了，索性流氓到底，一把攬過她的肩。

周喬嚇得連滾帶爬。

陸悍驍拖住她手腕，近乎哀求，「別動，讓我抱一抱，就一下。」

這熟悉的話讓周喬停止逃離。

兩小時前的鬧市街頭，他心急火燎找到她的時候，自己不也是情不自禁地衝上去抱住了陸悍驍嗎。

禮尚往來，讓人沒底氣拒絕。

陸悍驍見她安靜，終於長長舒了口氣，周喬試著放鬆自己待在他臂彎裡。

陸悍驍也不再有過分的動作，攬在她肩頭的手，手指輕輕敲。

不說話的時候，時光如此美好。

周喬覺得再不開點岔，自己會瘋。她目光垂落下移，停在陸悍驍的小腹上，看見他輕薄的衣料微微突起，於是口不擇言地尬聊。

「你的肚臍眼好突出。」

「……」

最怕空氣突然安靜。

周喬悔得想咬舌自盡，天，聊什麼不好，聊這個！

陸悍驍反應過來，笑得身體微顫，大方承認，「我的肚臍眼是比一般人要挺，妳知道為什麼嗎？」

「……」

「我出生的時候，據說臍帶特別粗，天生的，沒辦法，剪掉了還這麼大，小時候我媽還用透明膠帶把我的肚臍黏住，想著能讓它收進去。」

周喬忍不住笑出了聲。

「真的，我沒說謊，不信妳看。」陸悍驍自然而然地掀開自己的衣擺，露出腹部。他指著肚臍眼，「妳看我這個腹肌怎麼樣，硬邦邦的有八塊哦。還有人魚線呢！」

他把褲腰往下拉了拉，周喬都他媽驚呆了。

陸悍驍拚命炫腹，立志用男色迷倒心愛的姑娘。

「特別硬，不給其他人摸的，只有老婆才能摸。」他趁周喬茫然的時候，抓過她的手往上面放，「不信妳摸摸。」

周喬摸到他熾熱的皮膚，那溫度像著了火，她飛快收手，緊緊握成拳頭。

陸悍驍：「哈哈！摸了就是我老婆了！」

「……」

真是太有心機了。

周喬覺得自己要燒成一百度沸騰的水，然後潑向陸悍驍，和他同歸於盡。

不行了不行了，必須轉移話題了。

周喬清了清嗓子，「你這種性格，真的百年難得一遇。」

「既然百年難遇，那麼遇見了，就好好跟我過百年唄。」陸悍驍答得順理成章。

周喬一怔，又問：「是不是你從小衣食無憂，童年快樂，所以心態比誰都好？」

陸悍驍呵呵笑道，「那是妳沒見過我為生活拚命的樣子。」

周喬抿了抿唇沒有接話，沉默片刻，才說：「小時候，我爸媽就特別愛吵架，其實我知道，他們各有各的生活，你相信嗎，其實我早就做好了一個人獨立的打算，可能會沒錢、沒房子，沒有一份好工作。」

「不會的。」陸悍驍打斷。

他表面平靜無波，眼底卻從容自信，「妳只是缺一個男朋友——當妳有了男朋友之後，這些就都不缺了。」

錢、家、安定的未來。

有了我，就通通變成真實的存在。

陸悍驍彎起嘴角，撓了撓周喬的掌心，一字一句地問——「這裡有個現成的，丟垃圾桶也挺占地方，妳好心收留一下，行嗎？」

這個「垃圾桶」式告白，讓陸悍驍第一次覺得自己特別有語言天賦。

原來感情到了一定程度，許多發生便自然而然。

陸悍驍怕周喬反悔，又指著書桌旁幾乎閒置嶄新的垃圾桶說：「妳看妳看，我天生頭大，腦袋都塞不進去。」

周喬覺得好笑，「我也沒有這麼大的垃圾桶啊。」

「變廢為寶行不行啊。」陸悍驍說：「我渾身上下都是寶，在一起妳就知道我的好。」

周喬把手從他掌心抽回，從床上下來往外走。

陸悍驍坐直了身子，急急喊道：「女施主請留步，老闆，這位老闆，妳的垃圾忘記拿！」

周喬背對著他，唇角微彎，「你先自己留著，等我騰出地方再來回收。」

陸悍驍盤腿坐床上，仔細回味了三秒鐘，然後一聲興奮的「YES！」，朝她的背影嚷：「我一身肉肉非常緊，體積合適不占地方，蹲在哪裡都可以！」

周喬笑意更深。

「等等。」陸悍驍赤腳下地，跟陣風似的跑到她面前。

周喬額頭上還貼著退熱貼，模樣十分滑稽，兩個人你看我，我看你，不明白他要幹什麼。

陸悍驍咽了咽喉嚨，心跳失速，緊張兮兮地問：「我能親妳一口嗎？」

「……」周喬血壓飆升。

不等回答，陸悍驍的唇就貼上她的右臉，「啵」的一聲還挺響亮。親完後，他拔腿就往床上跑，一頭埋進枕頭裡，「明天早上我要吃三碗飯！」

周喬跟木頭人一樣，飄回了自己房間，關上門半天，她才伸手摸了摸方才被他親過的地方。比發燒的體溫還要燙，周喬默默地想，明天我也要吃三碗飯。

自這一晚之後，兩個人的關係以可見的速度又進了一步。

小心翼翼，互不揭穿，又心懷期待，這大概就是傳說中的曖昧時期。

連齊阿姨也發現了些許不對勁，比如早上，她做好早餐去叫陸悍驍起床，陸三歲就是不開門，隔著門板瞎嚷：「聲音不對，下一個。」

齊阿姨十指插進自己的小捲毛裡，驚恐道：「天啊，早產的孩子就是讓人操心，時不時地發作可憐哦！」

一旁的周喬忍住笑，安撫說：「齊阿姨您去忙，我來叫他。」

她一敲門，陸悍驍就飛快地把門打開，每天一套新衣服不重複的帥。

周喬把他的小心思一個不落地看在眼裡，心跟灌了蜜一樣有點點甜。而齊阿姨很不能理解，從廚房端粥出來，差點嚇得丟鍋，「天啊！悍驍你在家裡戴著墨鏡幹什麼？」

陸悍驍推推鼻梁，沉聲道：「準備出門擺攤算命。」

齊阿姨倒吸一口涼氣，兩隻小胖手捂住自己的嘴。

陸悍驍扮深沉，掐指瞎算念念有詞，手在空氣裡鬼畫符，然後指向周喬，「我的媽！妳的命也太好了吧！」

周喬：「……」

陸悍驍表情誇張，神神祕祕道：「不久的以後，妳就會有一個特別帥的男朋友。」

齊阿姨聽得入了迷，眨眨眼睛，「幫我也算算唄。」

「您啊？」陸悍驍一臉笑，左右手甩了兩下，模仿太監跪地的動作，「齊嬤嬤，小的給您請安囉！」

齊阿姨氣得伸手去敲他的頭。

「哈哈哈哈。」陸悍驍拽住周喬的手，往她身後躲，「虐待兒童是犯罪的！」

周喬被他當擋箭牌挪來挪去，兩個人前胸貼後背，親密得像在擁抱。

齊阿姨自己也樂得不行，小胖腳往地上一跺，「再也不給你吃枸杞了。」然後又去廚房忙碌。

周喬側頭，對如同無尾熊一樣掛在自己身上的人說：「可以鬆手了吧？」

陸悍驍不情不願地「嗯」了一聲，跟小狼狗似的往她肩膀上蹭了蹭。他一八五的個頭，彎腰賣萌實在很可恥。

周喬哭笑不得，「放手啦。」

陸悍驍學她的語氣，變調的女聲道：「不放啦。」

學完之後，他飛快抬頭，往她臉上親了一口，然後把人放開，一退三公尺遠，雙手做投降狀。

陸悍驍表情無辜，「我只是試試妳退燒了沒。哎呀，妳這個眼神很苦大仇深啊，來來來，要不然妳親回來。」

周喬僵硬無語。

周喬掄起拳頭要打他，陸悍驍雙手護胸，「妳又要搥人家的胸脯肉！」

「胸脯肉？」廚房裡的齊阿姨對菜名特別敏感，探出一頭捲毛，「悍驍，你怎麼知道我中午要做這道菜？今天的肉可新鮮了，早上喬喬和我一起去買的。」

陸悍驍嗷嗚嗷嗚地告狀，「我就說我怎麼身上掉了塊肉，原來是周喬昨晚割掉的！」

周喬面有菜色，「你亂說。」

陸悍驍：「喬喬吃了我的肉肉，吃了也沒關係，我的胸肌還是這麼發達。」

周喬笑著把他往門外推，「戴上你的墨鏡趕緊出去擺攤算命，今天沒賺到兩百塊就別回來。」

陸悍驍瞄了廚房一眼，見齊阿姨沒出現，於是一把將周喬抱在懷裡壓了壓，小聲說：

「賺到兩百塊，就讓我轉正行不行？」

周喬心裡的旗幟已經悄然倒戈。

而被門板擋在外面的陸悍驍，站在原地半天不知動彈。

因為周喬關門前，清晰地說了兩個字——

「行呀。」

——《悍夫》未完待續——

高寶書版集團
gobooks.com.tw

YH 117
悍夫（上）

作　　者　咬春餅
責任編輯　吳培禎
封面設計　陳采瑩
內頁排版　賴姵均
企　　劃　何嘉雯

發 行 人　朱凱蕾
出　　版　英屬維京群島商高寶國際有限公司台灣分公司
　　　　　Global Group Holdings, Ltd.
地　　址　台北市內湖區洲子街88號3樓
網　　址　gobooks.com.tw
電　　話　(02) 27992788
電　　郵　readers@gobooks.com.tw（讀者服務部）
傳　　真　出版部(02) 27990909　行銷部 (02) 27993088
郵政劃撥　19394552
戶　　名　英屬維京群島商高寶國際有限公司台灣分公司
發　　行　英屬維京群島商高寶國際有限公司台灣分公司
初　　版　2022年12月

本著作物《悍夫》，作者：咬春餅，由北京晉江原創網絡科技有限公司授權出版。

國家圖書館出版品預行編目(CIP)資料

悍夫/咬春餅著. -- 初版. -- 臺北市：英屬維京群島商高寶國際有限公司臺灣分公司, 2022.12
　冊；　公分. --

ISBN 978-986-506-608-6(上冊：平裝). --
ISBN 978-986-506-609-3(中冊：平裝). --
ISBN 978-986-506-610-9(下冊：平裝). --
ISBN 978-986-506-611-6(全套：平裝)

857.7　　111020058

GOBOOKS
& SITAK
GROUP ©